# ONE PIECE novel LAW

ワンピース ノベル ロー

尾田栄一郎
坂上秋成



JUMP j BOOKS

## Characters

**トラファルガー・ロー**

〝北の海《ノースブルー》〟フレバンス出身。〝オペオペの実〟の能力者。

**ベポ**

ゾウのモコモ公国出身。
ミンク族。兄を探してスワロー島にやってきた。

**ペンギン**

〝北の海《ノースブルー》〟スワロー島出身。

**シャチ**

〝北の海《ノースブルー》〟スワロー島出身。

## Contents

# 第一話

ONE PIECE
novel LAW

# Chapter 1

――死にたくない。

――死ぬわけにはいかない。

それだけを思って、おれは足を動かし続ける。

一歩踏み出すたびに、ざくざくと、雪を踏む音が耳に届く。

もう、どれくらい歩いただろう。

あたりに見えるのは、葉先のとがった木が並ぶ林と、一面の銀世界だけ。

コラさんが言ってた〝となり町〟まで、どれだけの距離があるのか見当もつかない。

ちくしょう。手足の感覚もなくなってきやがった。丸三日、何も食わずに歩いてるんだから当然だ。このままじゃ、珀鉛病《はくえんびょう》の前に、飢《う》えと寒さで死んじまう。

身体《からだ》が重いし、眠気もひどい。このまま、雪の中に倒れこんだら楽になれるだろうと、そんな考えが頭をよぎる。

だめだ。

ここでおれが死んだら、恩人が報《むく》われない。おれの病気を治すために必死で駆けずり回り、その結果として命を落とした、コラソンという男に申《もう》し訳《わけ》が立たない。

おれは腰に巻きつけてあるポーチから、メスを一本取り出した。

そして――

「あああああっ！」

――そのまま、自分の左腕に突き刺した。

「よし……これで、眠気は吹っ飛んだぞ……！」

傷口に包帯を巻いてから、もう一度、歩き始める。こんな状態でイノシシやオオカミに襲われたら終わりだけど、余計なことは考えない。

町へ、町へ。

コラさんと会うことを約束した、〝となり町〟へ。

……足を動かすのもしんどくなってきた頃、ようやく、おれはそいつを見つけた。

「灯《あか》りだ……」

間違いない。町の灯りだ。

「助かる、これでおれは助かるぞ！」

そう口にすると、急に足取りも軽くなる。町に着けば食い物がある、あったかいスープも飲める、やわらかい布団《ふとん》でぐっすり眠ることもできる！

すぐさま、レンガで外壁の作られた町へと辿《たど》り着《つ》く。入口の立て看板には〝プレジャー

〝タウン〟と大きく書かれている。これが〝となり町〟の名前なんだろう。ああ、遠くからでは気づかなかったけど、人も大勢歩いてる。これでもう大丈夫だ。あの人たちに声をかければ、きっとあったかい家の中に案内してもらえる。

おれは急いで駆け出した。駆け出して、誰かに声をかけようとした。

——突然、足が止まった。

町の入り口の前でおれは呆然《ぼうぜん》とたたずみ、そして、これまで自分の身に起きたことを一気に思い出していた。

それは、珀鉛病によって迫害された記憶。

大勢の人たちに嫌われ、疎《うと》まれ、傷つけられた記憶だ。

次々と、思い出したくもない過去がよみがえってくる。

珀鉛病を伝染病だと思いこんだ人々によって、生まれ故郷のフレバンス——通称「白い町」——が隔離されたこと。

世界政府に見捨てられ、戦争が始まり、両親も、妹も、教会の仲間も殺されたこと。

死体の山にまぎれて、フレバンスから逃げ出したこと。

コラさんと一緒に回ったあちこちの病院で、ゴミのように扱われ追い出されたこと。

ロクでもない記憶ばっかりだ。

町を焼かれ、親しい人を殺されたあの日に、おれはもう何も信じないと決めた。

ドフラミンゴのいるドンキホーテファミリーに入ったのも、ただ自分が死ぬ前に、できる限り世界をメチャクチャにしてやりたいと思ったからだ。

おれには、絶望しかなかった。

――それでも、コラさんだけは、おれのために泣いてくれた。

泣きながら、絞《しぼ》り出《だ》すような声で、おれの名前を呼んでくれた。

おれにとってこの世界は地獄で、もう何も期待しないつもりだったけど、コラさんのおかげでもう一度、人を、人間を信じてみようって、そう思えたんだ。

だけど今、おれの身体は動かない。

大勢の人がいる町に入ることに、怯《おび》えてしまっている。

また、迫害されるかもしれない。あの時よりももっと傷つけられるかもしれない。

そう考えるだけで、足がすくんで震えてしまう。

けど、どうにか足を前に踏み出し、町の中に入った。少し進んだところで雪かきをしていた人に話しかけてみる。

「あ、あのっ！」

「あら、あんた、その顔……」

……っ！

バレた。珀鉛病だって、バレた。またあの目が襲ってくる。嫌悪《けんお》の目だ。おれに生きる資格がないと、そう告げてくるような目だ。

「あ、ちょっと！」

女の人が呼び止める声も聞かず、おれはそのまま走って町を飛び出した。会話を続ける勇気は、なかった。

情けねェ。

コラさん。おれはあんたに愛してもらえたのに、今もまだ、まともに人を信じることができないままみたいだ。


あてもなくうろつき、途中の海岸で見かけた洞窟《どうくつ》に入った。ここなら、少しは寒さもしのげる。ぐううと、腹が鳴った。食い物だ、食い物が欲しい。運のいいことに、洞窟の入り口には雪に触れていない、乾いた枝がたくさん落ちていた。太いやつも細いやつもある。

おれは太い枝を何本か見繕《みつくろ》って、キリモミ式で火を起こした。ドンキホーテファミリーで習ったサバイバルの知識がこんなところで役に立つなんて、皮肉なもんだ。パチパチと鳴る焚き火《たびび》に手を近づけてみる。ああ、あったかい。

でも今は、ゆっくりと休んでいる場合じゃない。狩りに出て肉を獲《と》る、ってのは体力がほとんど残っていないことを考えると、現実的な選択肢《せんたくし》じゃないだろう。おれは適当な枝の先に糸を結び、土を掘ってつかまえたミミズをくくりつけて、近くの崖《がけ》から海に垂らした。即席の釣り竿《つざお》だったが、すぐに二匹の大ぶりな魚を釣り上げることができた。

腹が減って、もう限界だ。おれは急いで洞窟に戻り、内臓を取ってから枝に魚を刺して焼いた。香《こう》ばしい匂《にお》いが立ち上ってくる。美味《うま》そうだ。これを食って気力と体力を回復させよう。それから眠って、この先のことを考えよう。

——そう思った瞬間、全身を鋭い痛みが襲った。

手足も頭も腰も、悲鳴を上げそうなくらいに痛い。呼吸も上手《うま》くできない。いつこういう事態になってもおかしくないのに、油断していた。

三年と二か月。珀鉛病にかかった時、両親の残した医療データから算出した、おれの寿命。あれからもう三年近くが経《た》った。コラさんと一緒にいた時にも、おれは一度、発作を起こしている。データの誤差を考えれば、今すぐに死んだところでなんの不思議もない状態なんだ……！

だけど、どうすればいい？

おれは〝オペオペの実〟を食った。コラさんの話だと、〝オペオペの実〟を食べたやつは〝改造自在人間〟になって、どんな病気でも治せる能力が身につくらしい。でもそれは、いきなり魔法みたいな力を使えるようになるってことじゃない。食べた途端に病気が治るって意味じゃない。

おれがこの実の力を使いこなせなければ、どうしようもないんだ。

「くそっ！」

思わず、地面に拳《こぶし》を叩《たた》きつけた。熱もだいぶ出てきた。〝死〟がすぐそこまで迫ってい
る。その感覚がある。力が入らねェ。ふらふらと、おれは後ろに倒れこんだ。

……だめだ。諦《あきら》めるわけにはいかない。

だって〝オペオペの実〟は、コラさんの命そのものだ。

おれのためにこいつを手に入れようとしなければ、あの人が死ぬようなことはなかった。

だったら――

「だったら、おれが生き延びないと！　あの人の死が無駄になっちまう！　そんなのは、
嫌《いや》なんだよ!!」

おれは吼《ほ》えた。コラさんの優しさを、最後に見せてくれた笑顔を、意味のないものなん
かにしてやるもんか！

ドクン。

いきなり、心臓が強く脈を打った。

ドクン、ドクン。

動悸《どうき》がどんどん激しくなる。

ドクンドクンドクンドクンドクンドクンドクンドクンドクンドクン。

まるで全身が血液のポンプになったみたいだ。

だけどそれが悪いことには思えない。

むしろ、自分の中の力が、目覚めていくような――

ブウン、と大きな音が鳴った。

気がつくと、おれを中心にして、ドーム状の膜のようなものが出現していた。

「なんだ、これ」

まるで、ドームの中のすべてを見通せるような感覚。それこそ、自分の身体の内側まで覗《のぞ》けてしまいそうだ。目を閉じて、意識を集中する。脳、心臓、肺、胃、小腸、大腸、脾臓《ひぞう》……。分かる。臓器の位置から、筋肉や神経の流れまで、手に取るように理解できる。

「これが……〝オペオペの実〟の能力……！」

身体の内側だけじゃない。このドームの中にあるものを、すべて自分で〝改造〟できるんだって、本能的に分かる。物を動かすことも、場所を入れ替えることも、自由自在だ。

このドームの内側が、おれにとっての「手術台」なんだ。

「これなら、いけるっ……！」

瀕死《ひんし》だった身体に、もう一度熱が入った。絶対に、珀鉛病を治してやる。強い決意が、おれを突き動かす。

目を閉じて、もう一度意識を集中する。珀鉛病は身体の中に珀鉛という〝鉛〟の一種が溜《た》まることで発症する病気だ。だったら、それをすべて取り除いてやればいい。一か所ず丁寧《ていねい》に確認していく。そうして肝臓を診《み》た時、そこに大量の珀鉛が蓄積しているのだと分かった。

洞窟の中に置いてあった樽《たる》の前に移動し、おれは、自分の身体から肝臓だけを抜き取った。痛みはない。それが当然であるかのように、内臓を取り出すことができた。肝臓を樽の上に置く。

「さて、こっからだ……」

肝臓を丸ごと切除する、なんてわけにはいかない。そんなことをやったら、珀鉛病とは関係なく死んでしまう。珀鉛を取り出して、もう一度身体の中に肝臓を戻さないといけない。おれはまず、肝臓のあちこちに散らばっている珀鉛を、能力で一か所に集めた。そうして、ポーチからメスを取り出す。

両親から教わり、自分でも学んできた医療技術を活《い》かす時がきた。……人間の内臓には、本当なら痛覚がほとんど存在しない。だけど能力で抜き取った臓器はおれの身体と繋《つな》がっているから、それを傷つければ、臓器を覆《おお》っている膜から痛みを感じてしまう。

ふうう、と大きく深呼吸をした。どれくらいの痛みに襲われるのか、想像もできない。こんなことなら、麻酔薬でも用意しておけばよかったな。

……覚悟は決まった。おれは右手にメスを握り、それを——自分の肝臓に突き刺した。

「うああああああああああああ!!」

激痛が走る。全身に電流が流れ、そのまま意識を刈り取られるような感覚……！

「はあ、はあ、はあ」

それでも、オペは止《や》めない。途切れそうな意識をなんとか繋いで、おれは珀鉛の溜まっている箇所《かしょ》を一気に切除した。再び、苦痛の声が漏《も》れた。痛みで先に死んじまいそうだ。

けど、まだだ。最後までやりきらないといけない。ポーチから取り出すのは針と糸。切除した部分の傷口を縫い合わせてから、肝臓を身体の中に戻した。

手術、完了。

体内の珀鉛を取り除いたことで、徐々に痛みや熱も引いていく。手術は、成功した。おれの命は、助かったんだ。

「見たかよ、コラさん。あんたが取ってきてくれた〝オペオペの実〟、おれ、ちゃんと使いこなせた……！　あんたのおかげで、この命を、繋ぐことができたっ!!」

洞窟の中で、おれは高らかに叫んだ。痛みを忘れるほどの喜びに震えた。

と、安心したら、急に眠気が襲ってきた。

焚き火があるとはいえ、意識を失うのはまずい。

けど、体力ももう限界だ。少し……眠ら……ないと。

薄れ行く意識の中に、コラさんが立っていた。

コラさんはいつもみたいに、黒いフードをかぶり、おかしな化粧をして――おそらくは、笑っていた。


……あたたかい場所にいる。

やわらかい何かに包まれている。

幸せな夢を見ていたような気がするけれど、内容は忘れてしまった。

徐々に、意識が覚醒《かくせい》する。

目を覚ますと、おれはベッドに寝かされ、見知らぬ木造の天井を見上げていた。

「どこだ、ここ」

ベッドから身体を起こして、あたりを見回してみる。部屋の中には机と椅子《いす》、たくさんの本が詰まった本棚、金魚の泳ぐ水槽、それから中で火が燃えている立派な暖炉《だんろ》があった。

どうやら、おれは誰かの部屋に連れてこられたらしい。

そんなことを考えていると、ガチャリという音とともに、部屋の扉が開いた。

「おう、やっと起きたか」

見知らぬ老人が、スープを載《の》せたトレイを持って入ってくる。齢《とし》は……六十歳くらいだろうか。オールバックの白髪、真っ赤なサンバイザー、変な柄《がら》のアロハシャツに短パン、足元にはサンダル。どっからどう見てもうさんくさいじいさんだった。いや、それ以前に、雪の降ってる真冬にする恰好《かっこう》じゃねェだろうとツッコミを入れたくなる。

けど、そんなことはどうでもいい。問題は、こいつが何者なのかって話だ。……コラさんが上手くやってくれたおかげで、ドフラミンゴやドンキホーテファミリーの連中は、おれが海軍に保護されたと思いこんでる。でも、保護された子どもがおれじゃないとバレたら、あいつらはこのスワロー島全域を捜査して、おれを捕まえようとするだろう。

それくらい、ドフラミンゴは〝オペオペの実〟の能力にこだわっていた。もし連中がおれに懸賞金でもかけていたら、おれをドフラミンゴに引き渡そうとするやつがいたってなんの不思議もない。

……目の前のじいさんが、すでにファミリーへ連絡して、あいつらがここに来るのを待っている可能性だってあるんだ。

「腹が減ってるじゃろう」、とじいさんは言う。

じいさんはおれのそばに寄ってきて、ベッドの脇《わき》にスープを置いた。香ばしい匂いが鼻を刺激する。ごくりと喉《のど》が鳴った。この数日、おれは何も食ってない。今すぐにでもスープに飛びつきたい気分だ。

けど、おれはそれを口にせず、メスを手に取って、一瞬で老人の背後に回った。左腕で首を絞《し》めるような体勢のまま、メスを相手の喉元に突きつける。

「何が狙いだ、じいさん」

体力はあまり回復していないが、じいさんひとりに後《おく》れをとることはないだろう。そう思って、おれは相手の目的を訊《き》き出《だ》そうとした。しかし、老人はまったく動じない。

「やれやれじゃわい……ふんっ！」

「うおっ！」

瞬間、おれの身体は宙を舞った。そのまま、床に背中から叩きつけられる。なんだ、何が起きた。

「年老いたとはいえ、かつては十二分に鍛《きた》えた肉体よ。小僧に背後をとられたところで、負ける道理なんぞありゃせんわい」

……どうやらおれは、目の前の老人に投げ飛ばされたらしい。たしかにおれはガキだが、ファミリーにいるあいだ、ひと通りの戦闘訓練はこなしてきた。それで油断したのかもしれない。

素早く起き上がって、じいさんと向き合う。気圧《けお》されないよう、両目を見開いて、ぎろりと睨《にら》みつける。

「荒《すさ》んでるのう。まるで飢えたケダモノの目じゃわい」

じいさんはおれに攻撃を仕掛けるでもなく、スープ皿とスプーンを手に取った。そしてそのまま、おれに近づけてくる。

「食え。お前さんの身体は冷えきっていた。ロクに栄養もとっとらんのじゃろう」

ああ、美味そうだ。茶色っぽいスープの中には鳥だか牛だかの肉も入っている。色とりどりの野菜も、食欲を刺激する。

けど――怖《こわ》い。

このじいさんは、睡眠薬でおれをもう一度眠らせ、ドフラミンゴが来るまでの時間を稼ごうとしてるのかもしれないんだ。油断なんかするもんか、心を許したりなんかするもんか。

「変なものでも入ってないかと疑っとるのか……ふん。他人が、信じられんのだな」

おれは何も答えず、じいさんから目を逸《そ》らさないよう必死だった。するとじいさんは、目の前で、スープに口をつけた。一口、二口、美味そうにスープをすする。

「これで、毒なんぞ入ってないと分かったろう。……だいじょうぶじゃ。ワシはお前の敵じゃない。正義の味方を気取るつもりはないが、死にかけのガキを相手に駆け引きするほど、腐ってはおらんわい」

そう言って、じいさんがもう一度スープを差し出してくる。無意識のうちに、おれは左手でスプーンを握っていた。右手のメスはじいさんに向けたまま、そっとスープに口をつける。口の中いっぱいに、旨味《うまみ》が広がった。全身に栄養が染《し》みこんでいくような感覚があった。

気がつけば、おれは泣いていた。スープが美味くて、あたたかくて、命が助かったことを知って。そうした感情のすべてが混ざり合い、涙をこらえきれなくなっていた。

「ちくしょう……美味《うめ》ェ……美味ェ!!」

一度口にすると勢いは止まらなかった。メスを脇に置いて、おれは肉や野菜を掻《か》きこむようにしてスープを飲みほした。腹が減ってるせいか、それは、これまで口にしてきたどんな料理よりも尊いものに感じられた。

「すぐに、おかわりを持ってきてやるわい」

老人は笑っていた。

まるで、拾ってきた猫がようやく懐《なつ》いたとでも言うかのように。


老人に言われるがまま、おれは風呂に入った。〝悪魔の実〟を食べたおれは、風呂の中で身体が思うように動かなくなっていたが、熱い湯に浸《つ》かって全身の力が抜ける感覚は悪くなかった。

「あっ」

身体を洗いながら鏡を見て、おれは大きな変化に気がついた。

「消えてる……珀鉛病で白くなった皮膚が、元通りになってる……!」

顔をぺたぺたと触《さわ》りながら、おれは自分の病気が治ったことを確信した。

これまでに感じたことのない、もう珀鉛病に怯えなくていいんだという強い安心。おれは純粋に、湯のあたたかさを堪能《たんのう》した。

風呂から上がると、ご丁寧に着替えまで用意されていた。

「息子の服じゃ。とっておいてよかったわい。古いもんじゃが、とりあえずは支障なかろう」

用意された服に着替えた後、おれとじいさんはそれぞれ椅子に座り、向き合う姿勢をとった。そこにはさっきまでの険《けわ》しい空気は流れていない。おれの方も、いつの間にかじいさんへの警戒心は解いてしまっている。

「あのよ」

「なんじゃ」

「もしかして、あんた、おれを助けてくれたのか」

「ふんっ！　町へ寄った帰りに、洞窟からでかい悲鳴が聴こえてきたんじゃ。気になって見に行ってみたら、ぼろぼろのガキがひとり倒れておった。そのまま死なれたんじゃさすがにこっちの寝覚めが悪いからのう。連れ帰って、ベッドに寝かせてやっただけのことじゃ」

「そうか……」

なんてこった。ドフラミンゴの手先でも、賞金狙いの人でなしでもなく、このじいさんは純粋に善意でおれのことを助けてくれていたんだ。急に、申し訳ない気持ちになった。

「じいさん」

「うん？」

「助けてくれたことには、感謝してやるよ」

「かっ！　どこまでも可愛《かわい》げのないガキじゃ！　坊主《ぼうず》、世の中はギブ&《アンド》テイクじゃ。お前はワシにひとつ借りができた。それは分かるな」

「ああ」

「だったら、お前のことを話せ。それでこの貸しはチャラにしてやるわい。……こんな季節に、子どもがひとり洞窟で倒れとるなんて、何か事情があるんじゃろう」

じいさんの言葉にしたがうようにして、おれはポツリポツリと、自分の境遇を話し始めた。

〝白い町〟、フレバンスで生まれ育ったこと。両親に医学を教わっていたこと。珀鉛病が流行し、町が政府に見捨てられたこと。戦争が起こり、両親も妹も仲間も焼き殺されたこと。自分も珀鉛病にかかったこと。世界に絶望し、海賊団の一味になったこと。そして、自分を助けてくれた、コラソンという恩人のこと。

ひとつひとつ、順番に話していくうちに、心は軽くなっていった。ひょっとしたらおれは、こんな風に、誰かに自分の話を聞いてほしかったのかもしれない。ただ、〝オペオペの実〟のことは話せなかった。不気味に思われたり、金になるモノとして扱われたり、とにかく目の前のじいさんの態度が変わってしまうのが嫌だった。珀鉛病については、腕のいい医者が治してくれたとだけ伝えておいた。

　ひと通りおれの話が終わると、じいさんは腕を組んで、ふーむとうなりながら何かを考えこんだ。

「なるほどな。ガキはガキなりに、いろいろ背負って生きているということか」

「ガキって言うんじゃねェ。トラファルガー・ロー、それがおれの名前だ」

「ローか、なかなかイカす名前を授《さず》かったな。で、つまるところ、今のお前は天涯《てんがい》孤独の身で、行先も目的もないと、そういう理解でいいのか？」

目的。たしかにそんなもの、おれにはない。もう長いあいだ、おれは世界をめちゃめちゃにすることしか考えてこなかった。コラさんのおかげで自分の命を救うことが目的にはなったけれど、それを成《な》し遂《と》げた今、やりたいことがあるのかと訊かれても、何も思いつかない。恩人の命を奪ったドフラミンゴへの怒りはあるが、どうやってあいつに復讐すればいいのか、具体的な案を持っているわけでもない。

「この先、どうしたいと思ってるんじゃ」、とじいさんは尋《たず》ねてくる。

「分からねェよ」、とおれは答える。

だったら、と言ってじいさんは膝《ひざ》をバンと叩いた。

「お前の目的、やりたいことが見つかるまではこの家に置いてやるわ」

「い、いいのか」

それはおれにとって、この上なくありがたい話だった。見知らぬ土地で知り合いもいなくて、町に入ることもできない……そんな状況であったかい寝床や食事を保証してもらえるというのは、心底助かる。

「ただし、ひとつ覚えておけ！　人生は常にギブ&テイク！　これがワシの信念じゃ！　お前にはワシの労働力になってもらう！　洗濯や掃除《そうじ》、畑の管理！　それとワシの仕事の手伝い！　やってもらうことは山ほどあるぞ！　ワシは安全な暮らしをお前に与え、お前はワシに労働力を提供する！　それでかまわんな⁉」

……なんだよ。じいさんは、こんな言い方でしか、自分の好意を示せないのか。それがおかしくて、思わずおれは笑ってしまった。

「ようやく、笑顔を見せたな」

そう言ってじいさんもまた、嬉《うれ》しそうに笑う。

「ん？　そういや、じいさんの仕事ってなんなんだ。強盗の手伝いなんてのはごめんだぜ」

「バッカモン！　このワシを誰だと思ってるんじゃ！　そんなしょうもないことをするわけがなかろう」

「誰だと思うも何も、おれはあんたのこと、なんも知らねェよ」

「おおう……そうか、自己紹介も済ませておらんかったな。よし、耳をかっぽじって、よおく聞けい！　ワシの名はヴォルフ！　稀代《きだい》の天才発明家、ヴォルフ様じゃ!!」

「天才発明家？　あんたが？」

おれはもう一度、じいさんが身に着けているサンバイザーと変な柄のシャツを見た。どう考えても、発明家というより詐欺師《さぎし》って感じの出《い》で立《た》ちだ。

「なんじゃ、信用できんという顔じゃな。ちょっと待っとれ」

じいさんは一度部屋を出て、それから箱の中に妙なアイテムをたくさん入れて戻ってきた。

「出血大サービスじゃ。ワシの偉大な発明品のいくつかをお前に見せてやろう！　まずはこれ！『どこでも温泉くん一号』じゃ！　これがあれば、冷たい水でも一瞬で熱湯に早変わり！　薪《たきぎ》を燃やして風呂を沸《わ》かす必要もないというわけじゃ！」

「おおっ……」

そいつはたしかに便利だ。なんだこのじいさん、こう見えて、本当にすごいやつだったりするのか……？

「ただし、ひとつ欠点があってな。適温で止める機能がついてないから、湯があっという間に沸騰《ふっとう》し、ぜんぶ蒸発してしまう」

「ゴミじゃねェか！」

「待て待て待て！　これで終わりじゃないわい。次はこいつじゃ！　『スーパーお掃除くん三号』！　ゴミや汚れに反応して動き、放っておいても家をキレイに掃除してくれる優《すぐ》れものじゃ！」

「……おう」

「ただし、ひとつ欠点がある。三分以上稼働《かどう》させると、この家を吹き飛ばすほどの威力で爆発する」

「欠点どころじゃねェだろ！　ガラクタ以下じゃねェか！」

「ちなみに、改造前の初代『スーパーお掃除くん』はゴミとゴミじゃないものを区別できなくてな。あやうくワシの右足が食いちぎられそうになったことも……」

「やめろ！　グロい!!」

その後もじいさんはいくつかの発明品を披露《ひろう》してきたが、どれもこれも欠点つきの使えない代物《しろもの》ばかりだった。

「まあ、これでワシの偉大さをお前も理解したと思うが……」

「してねェよ。一ミリたりともしてねェよ」

「とりあえず明日《あす》以降、お前には研究の手伝いもしてもらうからな。どれが危険なアイテムなのかはしっかり覚えておけ」

マジかよ。即死の可能性まであるぞ、これ。はあ、とおれは大きなため息をついた。

でも、まあ。

「おい、ガラクタ屋」

「じいさんよりひどい呼び方になったな！」

「……とりあえず、あらためて助けてくれたことには礼を言う。それと、ここに置いてもらえるのは正直ありがてェ。これから、よろしく頼む」

そう言って、おれは右手を差し出した。

ヴォルフはふんっと鼻を鳴らして笑い、その手を取った。

「たっぷりこきつかってやるわい！　そうでないと、ギブ＆テイクにならんからなっ‼」


そんな風にして、おれとヴォルフの生活は始まった。

おれは陽《ひ》が昇る時間に起きて、ヴォルフの発明や畑仕事の手伝いをし、いろいろな本を読《よ》み漁《あさ》り、あったかいメシを食い、借りた剣で剣術の腕を磨き、夜には二人で話して笑い合ったりした。

普通で、穏《おだ》やかで、平和な毎日がそこにあった。

畑仕事については、わりと驚かされた。スワロー島の冬は長く、本当なら、野菜を育てることはなかなか難しい。だけどヴォルフは、家の裏にビニールハウスを作り、中の温度や光の量を調節する装置をつけることで、一年中栽培ができる環境を整えていた。

「どうじゃ、ロー！　この『ベジベジくん七号』があれば、温室栽培ってやつが可能になるんじゃ！　ゆくゆくは野菜を大量生産して、町の連中に売りつけてやりたいんじゃがなあ」

名前はダサいが、たしかにすげェ発明だ。……誰かの役に立つ発明があって、それを自分がちょっとでも手伝ってるっていう感覚は、悪いもんじゃなかった。

日によっては一緒に狩りへ出ることもあった。こんな年寄りが野生のイノシシや鹿の前に出てだいじょうぶなのかと心配になったが、ヴォルフの銃の腕は確かで、ほとんどの相手を一発で仕留めていた。一度、なんでそんなに銃が上手いのかと訊いてみたが、昔とった杵柄《きねづか》ってやつじゃよ、としかヴォルフは言わなかった。おれもそれ以上の詮索《せんさく》はしなかった。ヴォルフとは一緒に食事をとるし、笑い合うし、いろいろな話をする。だけど、余計なところまで踏みこむことはしない。ヴォルフの方も、ベタベタしてきたり、子どもを扱うように馴《な》れ馴《な》れしくはしてこない。

そんな距離感が、おれにとっては心地よかった。

ヴォルフは週に一度、町に出かけ、発明品や野菜を売って、その金で生活に必要なものを買いこんでくる。おれが一緒に行くことはない。……別におれは、ここにいられればいい。町の人間たちと、無理して触れ合う必要なんてない。

ない、はずなんだ。

ヴォルフが家を空《あ》けているあいだ、部屋にあった医学書を読むのに疲れたおれは、気分転換に散歩へ出かけた。拾われてから一か月ばかりが経って、普通の暮らしにもだいぶ慣れてきた。けど、相変わらずおれに「目的」ってやつはない。それでいいんだろうかと思うことも、たまにある。

そんなことを考えながら歩いていると、森の入り口に差しかかったところで、でっかい白クマと二人の子どもを見かけた。

「やめろよ！　やめてくれよー！」

……白クマが喋《しゃべ》ってる。

「なんだ、ありゃ」

喋るクマなんてのがこの世に存在するのか？

見た感じ、平和な状況ではなさそうだ。二人組は、抵抗しないクマに後ろから何度もケリを入れている。

「へへっ、こいつクマなのに弱っちーんでやんの！」、キャスケット帽をかぶった茶髪の少年がクマの頭をこづく。

「おらっ！　おとなしく森に帰れよ！」、〝PENGUIN〟と書かれた帽子をかぶった方の子どもが、クマをペシペシと叩く。

……くだらねェことをする連中だ。

「ちっ」

その光景が不愉快で、おれは思わず舌打ちをした。その音に気づいた二人組が、こっちを見た。

「なんだよオメー！　見てんじゃねェよ！　文句でもあんのかコラァ！」

安っぽいチンピラのような台詞《せりふ》をキャスケット帽が吐《は》いた。

「別に。おれはテメーらにもそのクマにも興味ないから、勝手にやってくれ」

「スカしてんじゃねェぞ、コラァ！　その偉そうな態度が気に入らねェ……そうだな、金目のものを全部置いてったら見逃《みのが》してやるよ！」

今度はペンギン帽子の方が因縁《いんねん》をつけてきた。

どこに行っても、面倒くさい連中ってのは転がってるもんなんだな。

「「スカしてんじゃねェぞ、コラァ！」」

少年二人が、ナイフやバットを手にしてこっちへ駆け寄ってくる。

やれやれだ。

「〝ROOM《ルーム》〟」

小さな声で、おれはその言葉を口にする。

同時に、おれを中心としたドーム状のサークルが現れる。

「な、なんだこれ⁉」

「と、閉じこめられた⁉」

よし、上手くいった。ヴォルフに見つからないようにしながら練習を続けたことで、おれは〝オペオペの実〟の能力を使いこなせるようになった。サークルの中のものなら、自由自在に動かし、操《あやつ》れる。

おれはそのまま、足元に落ちていた石を二つ、上空へ高く投げた。

そして――

「〝シャンブルズ〟」

そのまま、二人組と石の位置を入れ替える。当然、キャスケット帽とペンギン帽はいきなり宙に浮かぶことになり、そのまま地面に落下し、意識を失った。

「ふん」

この能力は医療技術としてだけじゃなく、戦闘にも使えるんじゃないかと思ってたけれど、想像以上に上手くいった。死なれでもしたらこっちの気分が悪いので、念のため横になっている二人を診断したが、単に気を失っているだけだ。すぐに目を覚ますだろう。

よし、面倒事も片づいた。そろそろヴォルフのじいさんも帰ってくる時間だ。早いとこ、家に戻ろう。

おれはそのまま、家の方へ歩き出そうとしたが――背後から、白クマに服を摑《つか》まれた。

「ま、待って！」

「なんだよ」

「あの、助けてくれてありがとう……おれ、怖くて……なんも抵抗できなくて……」

「別に。あいつらがからんできたから、返《かえ》り討《う》ちにしただけだ。お前を助けたわけじゃねェよ」

「それでも！　それでも、すげえ、おれ、嬉しかったから……！」

そう言って白クマは、おれの服をがっしりと摑んだまま泣き出した。めんどくせェ……。

いつまで経っても放してくれそうにないので、仕方なくおれは白クマと一緒に、近くにあった洞窟に入って話をした。

「お前、なんでやり返さなかったんだよ。白クマだろ？　あんな連中に、力で負けたりしねェだろ」

「……あいつら、話しかけてきてくれたんだ」

「それで？」

「友達になれるかもしれないって、思ったんだ」

「はあ？　お前、殴《なぐ》られながらそんなこと考えてたのか⁉」

「うん。抵抗しないでおとなしくしてれば、仲良くできるかもって。そう思って……」

友達。

ずいぶんと久しぶりに聞く言葉だった。

おれにはもういない。みんな、火に焼かれて死んじまった。不意に、家族や教会のみんなが生きていた頃のことを思い出す。ああ、たしかにあれは、悪くないもんだった。

……考えてみれば、この白クマはどうしてこんなところに、ひとりぼっちでいたんだろう。ひょっとしたら、ついこないだまでのおれと同じように、孤独な思いをしているのかもしれない。ほんの少しだけ、こいつの境遇に興味が湧《わ》いた。

「お前、このあたりに住んでるのか？」

「ううん、この島に来たのはつい昨日《きのう》だよ。知り合いもいないし、住むところもない」

「どこで暮らしてたんだ？」

「えっと、新世界って知ってるか？」

「ああ、聞いたことはある」

海賊のファミリーに身を置いていたんだ。海に関する情報は、いろいろと耳に入ってくる。

新世界ってのは、この世界を一周する〝偉大なる航路《グランドライン》〟の後半にあたるところだと聞いた。〝ひとつなぎの大秘宝《ワンピース》〟を目指す海賊にとっては、避けて通れない場所になる。

「ってお前、まさかその新世界からここまで来たってのか⁉」

白クマはうなずいた。……新世界ではあらゆる常識が通用しない。海流、気候、磁気。

航海をする上で絶対に必要となるそれらの情報が、新世界ではすべてめちゃくちゃに狂っているると、そんなことをドフラミンゴが言っていた。並の海賊団や航海士じゃ、まともに船を出すこともできない場所だと。

そこからこのスワロー島がある〝北の海《ノースブルー》〟までやってくるなんて……。

「お前、自分で船を動かしてここまで来たのか？」

だとしたら、とんでもない航海術の持ち主ってことになる。

「そういうわけじゃないよ。ちょっとは航海術も勉強してるけど……。えっと、ゾウの島っていうのが新世界にあるんだ」

「ゾウの島？　変な名前だな。そこの生まれなのか」

「うん、おれはそこで暮らすミンク族っていう種族なんだ。ゾウでの暮らしは平和で、家族も仲良かったんだけど、ある日急に、兄ちゃんがいなくなっちゃったんだ」

「書き置きも何もなしにか？」

「なんにもなかった。だからおれは探しに行くことにして、船に乗ったんだ。だけど船を乗り間違えちゃって、気づいたらこの〝北の海《ノースブルー》〟に来てたんだ……」

「すげえ乗り間違えだな」

「うん……船は揺れるし、雷《かみなり》が直撃しそうになるし、ほんとに死ぬかと思った」

「ははは！　馬鹿だな、お前！　やっぱ喋れてもクマはクマってことか！」

そう言うと、白クマは突然立ち上がって、落ちていたロープを首にかけようと――

「待て待て待て！　何、死のうとしてんだお前！」

「うう、いいんだ……おれみたいな馬鹿は死んだ方が世の中のため……」

「馬鹿ってのは冗談だ冗談！　めちゃくちゃメンタル弱《よ》ぇェなお前！」

おれはとりあえずロープを遠くにぶん投げて、暗くなっているクマを慰めた。こんな軽いジョークで死なれたら、たまったもんじゃない。

「で、結局のところ、お前は寝泊まりできる場所も何もないわけか」、とおれは訊いた。

「うん。本当は新世界に戻る船に乗りたいんだけど、あんな危ない場所に向かう船がそう見つかるとも思えないし……自分で船を出すにしても、今のおれの航海術じゃ、辿り着く前に荒波に呑《の》まれて死ぬのがオチだよ」

「……じゃあ、航海士としての腕を上げて、もう一度兄貴を探しに行くのがお前の『目的』ってことでいいんだな」

「そう、だな」

「分かった。ついてこい」

「えっ、えっ⁉」

戸惑《とまど》っている白クマを無視しておれは歩き始める。白クマはそのあとをおずおずとついてくる。

「そういや、名前はなんて言うんだ」

「あ、兄ちゃんの名前はゼポだよ。ミンク族の言葉で『イケメン』って意味で……」

「そっちじゃねェよ！　お前だお前、お前の名前を教えろっつってんだ！」

「お、おれか⁉　おれは、ベポ、だよ」

「ベポか。呼びやすい名前だ、悪くねェ。おれはロー、トラファルガー・ローだ」

「ロー、さん」

「よし。じゃあ、あとは黙っておれの言うことにしたがえ、ベポ。なあに、別に獲って食ったりしねェよ」

「ほ、ほんとか？　ほんとは集団でおれをクマ鍋の材料にしようとしてるんじゃないのか？」

「んなことするか！」

三十分ほど歩いて、家に戻った。すでにヴォルフも帰ってきていた。

「おーい、ガラクタ屋」

「何度も言わせるな！　ガラクタ屋じゃなく、天才発明家ヴォルフ様と呼べ……ってそのでっかいクマはなんじゃああ‼」

「ああ、こいつはベポ。迷子の白クマだ。今日からここで暮らすから、よろしくな」

「家主であるワシの許可は⁉」

「まあ、いいじゃねェか。たぶん、力仕事とかで役に立つぜ」

「あ、どうも、ベポと言います。よく分からないまま連れてこられたんですけど……」

「しかも喋ったああああ!!」

「やかましいな、ガラクタ屋。で、置いてくれるのか、どうなんだ」

「……ふん。お前が連れてきたってことは、ワケありか」

「まあな」

「とりあえずは、事情を聞かせてもらおうか」

それから一時間余り、ヴォルフとベポはソファーで話をしていた。ヴォルフはベポの過去や家族のことを、ゆっくりと尋ねていた。話が一区切りついたところで、ヴォルフは台所へ三人分の紅茶を淹《い》れに行った。おれたちは無言で、運ばれてきた紅茶を飲む。

ベポも少しは緊張が解けた様子《ようす》で紅茶をすする。しかしまあ、クマがティーカップを手にして紅茶を飲んでる図ってのはなかなかシュールだな……。

「おおよそのことは分かった」、と不意にヴォルフが切り出した。

「航海術を学んで、兄を探しに行きたい、か。ふん、まったく、クマのくせに家族思いなことじゃ! だがまあ、怪《あや》しいところはないし、ちゃんとワシの質問にも答えた。悪いやつということは、なさそうじゃ」

「だったら」

「ああ。ここに住まわせてやる。ただーし！　ワシらがギブ&テイクの関係だということを忘れるな！　ベポ！　お前にもいろいろと働いてもらうぞ！　タダ飯食らいを認めるつもりはないからな！　さぼっていたらすぐに追い出されるというくらいのつもりで働けい！」

「ア、アイアーイ!!　了解だ！　おれ、役に立てるよう、がんばるよ!!」

ガキばっかり増えてこっちは大変じゃわい、と言って鼻を鳴らし、ヴォルフは寝室に行った。なんとなく、おれにはヴォルフの考えてることが分かる気がした。

あのじいさんが鼻を鳴らすのは、ちょっと嬉しいことがあった時なんだ。


おれとベポは同じ部屋で寝ることになった。先に住んでいたおれがベッドを使い、ベポは床に布団を敷《し》いて眠る。

「なあ、どうしてローさんは、こんな親切にしてくれるんだ？」

灯りを消してしばらく経つと、小さな声でベポが尋ねてきた。

親切にする理由？　そんなもの、おれにだって分からない。

「ただの気まぐれだ」、とだけおれは答えた。

それで納得したのか、すぐにベポはすうすうと寝息を立て始めた。

……たぶん、おれはベポが語ってくれた家族の話に興味を持ったんだと思う。

今でもおれは時々考える。自分にとって、家族ってのがなんなのかと。医学を教えてくれた優しい両親、珀鉛病に苦しみながらも笑っていた妹のラミ――そうだ、おれにも昔、家族はいたんだ。

けど、みんな死んじまった。

世界に絶望してからはそれについて考えることもなくなった。

でも最近、おれは戸惑っている。ヴォルフからの好意に、ベポを助けてしまった自分に。

おれはやっぱり、もう一度他人を信じてみたいと思っているらしい。

そんな風に考えられるようになったのは、まぎれもなくコラさんのおかげだ。あの人が自分の命を対価にしてまで、おれを救おうと必死になってくれたその姿のおかげだ。

……おれにとって、コラさんはなんだったんだろう?

血の繋がりはない。一緒にいた時間だって長いわけじゃない。

それでも、おれとコラさんはたしかに家族だった。

言葉にしなくても伝わるくらいの「愛してる」がそこにはあった。

もう一度、おれは誰かを「愛してる」と思えるのかな。

こうやって、ガラクタ屋やクマと暮らしているうちに、あいつらを「愛してる」と思うようになるのかな。

もしくはいつまで経っても、ガラクタ屋が言うみたいに、おれたちはお互いがお互いを利用するギブ&テイクの関係のままなのかもしれない。

どうなるべきなのか、どうするべきなのか。

いくら考えても答えは出ない。


一か月が経っても雪は止まなかった。

ヴォルフの話だと、スワロー島があたたかくなる時期は、一年のうち四分の一くらいしかないらしい。けどまあ、寒さにも慣れてきた。剣を振り回したり畑仕事をこなしたりしていれば、自然と汗も掻《か》く。……ベポの野郎はそもそも白クマだから、寒さなんか気に留《と》めてもいないみたいだが。

ベポは思ったよりも便利なやつだった。ヴォルフの仕事を手伝いながら、料理や洗濯をこなし、空いた時間には航海術の勉強をしていた。なかなか器用なクマだ。

ある日、ヴォルフが離れた場所にある研究室にこもっているあいだ、おれたちはビニールハウスの中で野菜を収穫していた。本来、冬なら育たないはずの植物もとれるし、それぞれの野菜が育つペースも調節できる。実際、発明家としては結構すごいやつなんだと認めるしかなさそうだ。

「ローさーん、こっちの梅の実も収穫しちゃっていいかなー?」

「やめろ馬鹿! 梅は……梅干《うめぼ》しにするつもり、なんだろう?」

「え、そりゃそうだよ。梅干し美味いよなー、あれとおにぎり合わせるともう最高……」

「うるせェ! いいか、金輪際《こんりんざい》、おれの前で梅干しの話をするな!」

「ひいっ! わ、分かったよ、怒鳴《どな》るなよう……」

あ、また落ちこみやがった。ほんとにメンタルの弱い白クマだ。しかしおれは謝らない。梅干しの話なんかしてくる方が悪いんだ。なんなんだあの酸《す》っぱさは。舌がぴりぴりしてたまったもんじゃない。おれに言わせれば、あれこそ本当の悪魔の実だ。

まあ、どっちにしてもガラクタ屋が収穫しちまうだろうが、それを食うのはおれ以外の二人に任せて——


——突然、爆発音が鳴り響いた。


森の方からだ。ここまで聴こえるってことは、かなり規模のでかい爆発だろう。

「ローさん!」

「ああ! 行くぞベポ!」

おれたちはビニールハウスの外に出て、森に向かって駆け出した。近づくと、巨大な煙がもくもくと上がっている場所を見つけた。

何が起きているのか分からないが、そこにいるのがおれたちにとっての敵だという可能性もある。おれとベポは警戒しながら、音を立てないように煙が出ている地点へ進んでいく。声が聴こえてくる。誰か、小さな子どもが泣いている声だ。

少し開けた場所に出ると、二人の子どもが、大量の血を流していた。

見覚えがある。前に、ベポをいじめていた二人組だ。キャスケット帽の方は脇腹から血を流し、ペンギン帽の方は、何をしくじったのか——右腕が肘《ひじ》からちぎれていた。

まずいな。仮に医学の素人《しろうと》だとしてもすぐに分かる。放っておいたら、こいつらは二人とも、死ぬ。

「ベポ！　そっちのキャスケット帽のやつを背負え！　おれはペンギン帽をおぶる！　家まで連れてって治療するぞ!!」

「お、おうっ！　絶対、助けよう!!」

前に自分をいじめた二人組だってことは分かっているだろうに、ベポはなんの迷いもなく片方をかついだ。

ガキどもを背負って、走り出す。おれの方は、ちぎれ飛んだペンギン帽の右手も抱《かか》えながら。

「いてェ、いてェよう……」

よし、だいぶ血は出てたが、意識はハッキリしてるみたいだな。

「いきなり……イノシシに襲われて……」

「しゃべんなっ！　おとなしく背負われてろっ！」

ペンギン帽の声をさえぎって、家までの道を急ぐ。

「はあっ、はあっはあっ……」

呼吸が荒くなる。人間を背負っての全力疾走《しっそう》ってのはなかなかに辛《つら》い。だが、傷の深さと出血量を見る限り、のんびりしている余裕はねェ。

「ガラクタ屋っ!!」

ドアを蹴破《けやぶ》るようなかたちで、おれは家に戻った。

「ロー！　お前また勝手に人を連れてきたのか……って、なんじゃい！　血塗《ちまみ》れじゃぞ!!」

「二人とも重傷だ！　ここでオペをやらせてくれ！」

「分かった！　ワシは湯を沸かす！　お前は治療に専念しろ！」

おれの真剣な声に応《こた》えるように、ヴォルフはすぐに行動を起こしてくれた。

一階のリビングに二人組を下ろし、部屋に行って手術道具一式を取ってから戻ってくる。

「ローさん、お、おれはどうすればいい？」

こんな状況だ。ベポの声はだいぶ動揺している。

「先にキャスケット帽の腹の治療からやる！　お前はペンギン帽の止血を頼む！　腕のつけ根をひもで強く縛《しば》って、上に向けておけ！　それから、ちぎれた腕の方はビニール袋に入れて、氷で冷やしておいてくれ！」

「アイアーイ！」

おれはテーブルの上に、気を失っているキャスケット帽を載せて、傷口の深さを診る。

……よし、だいじょうぶだ。出血は多いが、重要な臓器はやられていない。これだったら〝オペオペの実〟の能力を使う必要はない。

おれの手術の腕前に、すべてがかかっている。

「おい、ペンギン帽、意識はあるか⁉」

「あ、ああ……」

「こいつの血液型は分かるか⁉」

輸血しなければ、こいつは確実に死ぬ。けれど、型の違う血液を身体に入れたら、「輸血反応」ってやつが起きる。「輸血反応」を起こした場合、血管内の赤血球が破壊され、最終的には全身の細胞がぼろぼろになっちまう。だから絶対に、型を知っておく必要があった。

「分かる……X型だ……おれと一緒だから、ちゃんと覚えてる……間違いない」

「X型か……」

まずいな。おれとは型が違う。当然、どこかから血を運んでくるような時間もない。

「ロー、ワシの血を使え！　まごうことなきX型じゃ！」

「ガラクタ屋……」

たしかに、ヴォルフの血液型がXなら、なんの問題もなく輸血はできる。ただ──

「じいさん、こいつら二人は相当出血してる。二人分の輸血をやるってことなら、大量の血が必要になるんだ。それをあんたひとりから抜いたら、最悪の場合──」

「バッカモン！　それくらいは予想がついとる！　覚悟の上じゃ！　なあに、心配するな。これでも若い頃は、戦いで血を流したことも数えきれんほどあるんじゃ。小僧二人分の血を抜いた程度で死ぬほど、ヤワな生き方はしとらんわい!!」

「……っ。分かった。あんたの血、使わせてもらう！」

ここからは時間との戦いだ。

まずおれは注射器を持って、じいさんの血をごっそり抜いた。それを清潔なビニールパックに移して、キャスケット帽の腕に針を刺しこみ、ゆっくりと体内へ血が流れていくようにする。それから、同じ作業をペンギン帽の方にも行う。

よし、これでひとまず輸血に関しては問題ないはずだ。

「じいさん！　だいじょうぶか！」

おれはヴォルフに声をかける。結構な量の血を抜いたんだ。細心の注意を払ったとはいえ、ショック症状を起こす可能性はある。

「心配……いらん！　ちょこーっと、眩暈《めまい》がするくらいじゃ。軽い貧血程度のもんよ。こんなジジイに気を遣《つか》っとる暇があるなら、とっとと治療を済ませてしまえい！」

「ああ、分かった。それと、助かった」

「ふん、ギブ&テイクじゃ……この先、一週間、家事はお前とベポにすべてやってもらうからな……」

そう言って、ヴォルフは気だるそうに、ソファーに背をもたせた。

「あとは、おれの仕事だ……！」

おれは特殊な植物から採った粉を水に溶かしてキャスケット帽に注射した。この家に来てから作っておいた、強力な麻酔だ。これで、オペの途中で目を覚ますようなことはない。

それから火に当てて消毒したメスで、思いきりよく腹を裂いた。腸の一部が破れていたが、これくらいなら簡単だ。おれは素早く針と糸で傷口を縫合した。他に傷のついている場所がないかも確認する。……よし、問題ない。そのまま、切り裂いた腹を糸で縫い合わせる。

一人目、終了。

「ベポ！　ペンギン帽をこっちに運べ！」

「了解だ！」

キャスケット帽をテーブルからソファーに移動させ、代わりにペンギン帽を載せる。出血が多すぎて声を出す気力もなくなったのか、ペンギン帽はぐったりとしたまま横たわっている。オペの難易度《なんいど》は、はっきり言ってこっちの方がはるかに高い。

命を助けるってだけなら、傷口を縫合して、輸血を続ければだいじょうぶだろう。だけどおれは、こいつの腕がもう一度動くように、しっかり繋げてやりたいと思った。

なんでそんな風に考えたのかは分からない。でも、ここで手を抜いたら、おれがこれまで学んできた医学というものに対して、申し訳ないと思った。人を助けて幸せにしようと病院を経営していた両親に、恥ずかしくない行動をとりたいと思った。

ただ、それだけだ。

キャスケット帽にやったのと同じように、ペンギン帽にも全身麻酔をかけた。爆発で吹っ飛んだ右腕の傷口を診る。……組織がぐちゃぐちゃだ。刀や剣でスパッと斬《き》られたのなら、繋ぐのはそう難しいことじゃないが、これだけ断面がひどいことになってると、簡単にはいかない。

……おれにできるのか？

〝オペオペの実〟の能力を使っても、接合手術が上手くこなせるようになるわけじゃない。求められているのは、純粋に知識と技術だけ。それでも――

「やるしか、ねェな」

情にほだされたわけでも、感謝されたいと思ったわけでもない。

そもそも、おれは別に善人なんかじゃない。

やると決めた理由はただひとつ。


——おれの、医者としての誇りのためだ!!


「ガラクタ屋! そこにある顕微鏡、借りるぞ!」

さすが、自称・天才発明家だ。便利なものを持ってやがる。

おれは眠っているペンギン帽の腕を顕微鏡の台に載せ、ひもを巻きつけて固定した。それから傷口をレンズで覗きこみ、倍率を調整する。

いいぞ……見えるっ!

血管や神経の一本一本を、ちゃんと視界に捉《とら》えることができる。

「ベポ! ちぎれた方の腕を取ってくれ!」

「ア、アイアーイ!」

爆発で吹っ飛んだ、肘から先の部分を台に置いた。

よし、ちゃんと冷えている。細胞組織はまだ、生きている。

これなら……!

おれは糸のついた針を手にして、接合手術を始めた。

慎重《しんちょう》に、慎重に。

少しでも繋ぐ箇所を間違えたら終わりだ。

些細《ささい》なミスも許されない。

思い出せ、両親に教わったことを。

思い出せ、たくさんの本で読んだ内容を。

まずは筋肉と腱《けん》を繋いでいく……オーケー、問題ない。

それから神経だ。こいつをミスったら、腕が動くことはない。一ミリだってズラすな。

完璧《かんぺき》に繋げるんだ。素早く、だけど正確に、神経を繋いでいく。時間の感覚がなくなっていく。

オペを始めてどのくらい経っただろう？　二時間か、三時間か、それとももっとなのか。

精神の消耗《しょうもう》がすごい。これじゃあ、先にこっちが倒れちまいそうだ。

「ローさん、汗、拭《ふ》くよ。おれ、なんにも役に立てないけど、これくらいは……」

「ああ、ありがとな、ベポ」

「……死なないよな、こいつら二人とも、助かるよな⁉」

「……当たり前だろ。おれを誰だと思ってんだ。おれは天才外科医……トラファルガー・ロー だ！」

自分を奮《ふる》い立《た》たせるように、おれはガラクタ屋の口癖をまねてみた。

なるほど、口先だけでも「天才」って言ってみれば、本当に自分がそうなったかのように、力が湧いてくるもんだ。

オペを続ける。

最後の神経を、結び合わせる。

……オーケー、完璧な、はずだ。

ふらついてきた両足に力をこめて、おれは血管の接合に入った。

静脈の接合……よし。

動脈の接合……よし。

そうして最後に、腕そのものを縫い合わせた。

——手術、完了。

ドカッと、おれはそのまま後ろに倒れた。

「ローさん！」

「ロー！」

ああ、ねみぃ。

そんな心配そうな面《つら》すんなよ、ベポ、じいさん。

「……輸血用の針が外《はず》れないよう、見ててやってくれ……ちっとばかり、疲れた……すぐに、起きる、から……」

それだけを言うのが精一杯だった。

手術を終えたことでの安堵《あんど》が、とんでもない睡魔《すいま》を連れてきた。

やると決めたことを成《な》し遂《と》げた充実感につつまれながら、おれは心地よい眠りについた。

目を覚ますと、すっかり夜はふけてしまっていた。すぐに、二人の容体を確認する。

麻酔がよく効いたのか、どちらもまだ眠っている。

おれは注射針を取り出して、それぞれの腕に、水に溶かした粉末を注射する。おれの両親が開発した、とびっきりの栄養剤だ。脈拍は正常。熱も出ていない。

ふう。二人とも、山は越えたみたいだ。

「ロー、ガキどもの具合はどうだ」

「じいさん、起きてたのか」

「ふん。ワシの家で死人が出たらと思うと落ち着かなくてな」

「だいじょうぶだよ。おれのオペは完璧だ。あとは、感染症とかに注意しておけば問題ない」

「そうか……よかった」

「よかった？　へえ、珍しい台詞を吐くじゃねェか。あんたが得することは、何もないのに」

「……子どもの命が助かったのなら、それは十分な見返りじゃろう」

そう言って、ヴォルフは顔をそむけた。

ヴォルフの不器用な優しさを感じて、おれはどこか嬉しかった。


四日経って、二人とも目を覚ました。

自分たちの身に何が起こったのかは分かっているらしい。

キャスケット帽の方は、腹を手術したせいで体力がだいぶ落ちている。けど、軽いものを食べさせながら回復を待てば、平気なはずだ。

問題は、ペンギン帽の方だ。

命が助かりゃいいってもんじゃない。もし、おれの接合手術が失敗していて、二度と手が動かないってことになったら、こいつは相当なショックを受けるだろう。

「……今から包帯をとる。それで腕や指が動かせるか、確認するぞ」

「お、おう」

ペンギン帽はだいぶ怯えた様子だ。じいさんもベポもキャスケット帽も、心配そうな面《おも》持《も》ちで見守っている。

「ゆっくりでいい。感触を確かめるように、そっと動かしてみろ」

「うん……」

ペンギン帽が自分の腕を見つめた。ひょっとしたら、この先一生、動かないかもしれない腕を。

ぴくり。

ペンギン帽の小指が動いた。順番に、薬指、中指、人差し指、親指を動かしていく。それからゆっくりと、肘を曲げて、前腕を持ち上げる。

成功だ。

神経の繋ぎ合わせは、上手くいったらしい。

ははっ。

なんだ、悪い気分じゃねェな。

これまで教わってきたもの、両親が大切にしていた「医者としての喜び」ってやつが、ちょっとだけ理解できたような気がした。

「うおおおん！　よがっだ！　よがっだなあ‼」

興奮したベポがペンギン帽に抱きつく。

こいつもたいがい、お人よしというか。こいつらが自分をいじめていたことなんか、完全に忘れてる様子だ。

ぐすりと、二人分の泣き声が聴こえた。キャスケット帽とペンギン帽が、鼻水とよだれにまみれながら泣いている。

「ありがどう……ありがどう……！」、ペンギン帽が頭を下げる。

「おれ、もう絶対に死ぬんだって思ってて……怖くて……でも、あんたたちのおかげで、こうやって、生ぎでるっ！」、キャスケット帽がまだ満足に身体も動かせない状態で、顔をくしゃくしゃにした。

「別に、単なる気まぐれだ」

そう言って、おれは後ろを向いた。にやけてる顔を、その場にいる連中に見られるのが、どうにも気恥ずかしくて。


それから一週間ばかり過ぎて、二人の体力もだいぶ回復した。ペンギン帽のリハビリには、ヴォルフとベポも積極的に協力してくれた。ヴォルフは鼻をふんふん鳴らしながら、迷惑そうな顔をしていたが、ただの一度もガキどもを追い出そうとはしなかった。

状態が安定したところで、おれたちは事情を訊くことにした。何が起こったのか、なんであんな場所に子ども二人でいたのか。訊くべきことは山ほどあった。

「ガキども！　まずは改めて自己紹介をせい！　今更《いまさら》だが、ワシはヴォルフ。天才発明家・ヴォルフ様じゃ！　敬意をこめて呼ぶように！」

「あー、お前ら、このじいさんの言うことは適当に流しとけ。実際はただのガラクタ屋だ」

「やかましいわ、ロー！　話の腰を折るんじゃない！」

「わーったよ」

ったく、すぐに顔を真っ赤にするじいさんだ。

二人組は一度顔を見合わせて、それから自分たちのことを語り始めた。

キャスケット帽のやつがシャチ。

ペンギン帽の方がペンギン。

二人はおずおずと、まだおれたちのことをどこか怖がってる様子で名乗った。

「シャチとペンギンか。そうじゃな、まずは、どういう経緯《いきさつ》でこんな怪我《けが》をしたのか、話してもらおうか」

普段よりも少しやわらかく、おとなしめの声でヴォルフが言った。

「……おれとシャチは、森の奥に小屋を建てて、二か月くらい前から暮らしてるんだ」

まだ腹の傷が痛む様子のシャチに代わって、ペンギンが話し始めた。

「おれもシャチも狩りはそれなりにできるし、冬でも実のなる木が生えてたから、食い物には困らなかった。だけどあの日、狩った鳥の肉を焼いて食ってたら、その匂いにつられたのかイノシシがいきなり飛び出してきて……あんまり急だったから、おれたちはオロオロしちゃって……イノシシの突進で、シャチが腹をえぐられた」

そこでペンギンは、疲れた様子で、大きく深呼吸をした。

「焦《あせ》らなくていい」

そう言って、ヴォルフはペンギンに水を差し出した。

「……すぐにイノシシはおれの方に向かってきた。逃げることもできたけど、シャチを放っておくわけにもいかなくて、仕方なくおれは、持ってた爆弾を小屋から取り出して、投げつけようとしたんだ。でも、それが手元で爆発して……」

「大怪我を負ったというわけじゃな。小僧、何故《なぜ》お前は爆弾を持っていた？」

「……町で盗んだ。森で暮らすんだったら、危ないことが起きた時、役に立つと思って」

「なるほどな。盗みはよくないが、獣《けもの》への対処という意味では、理に適《かな》っておる」

そこでヴォルフは紅茶を一口飲んだ。

……ペンギンの話を聞いていて、ひとつ疑問があった。おそらくは、ベポもヴォルフも同じことを気にしていただろう。

「お前ら、親はどうしたんだ？」

回りくどい言い方をしてもしょうがない。おれは思いきりよく、疑問をぶつけた。

「シャチの親もおれの親も、半年前に死んだ」、とペンギンは答えた。

おれは一瞬言葉に詰まったが、ペンギンはそのまま話し続けた。

「おれとシャチは親と一緒にバーベキューをしてたんだ。スワロー島で一番きれいだっていう浜辺で、みんな浮かれてた。海の様子がおかしいことに、誰も気づいてなかった。……高波が迫ってるのも、分からなかった。島を全部呑みこんじまうんじゃないかってくらい、でかい波だった。おれとシャチは浜辺から離れた場所で木登りして遊んでたから助かったけど、父ちゃんと母ちゃんは……おれとシャチの両親は……そのまま、波にさらわれて……」

そこまで話して、ペンギンは黙りこんだ。泣き出すのを懸命にこらえていた。

少し時間を置いてから、ペンギンはその後のことをぽつりぽつりと話し始めた。

それぞれの親族での話し合いが行われた結果、シャチとペンギンは、シャチの叔父《おじ》と叔母《おば》の家に預けられることに決まったこと。

そいつらが欲しがってたのが子どもではなく、便利に使える「道具」だったこと。

違法とされている武器の密輸や宝石店での窃盗《せっとう》を無理やりやらされたこと。

食事は水とパンしかもらえなかったこと。

……おれは眉間《みけん》にしわを寄せながら、ペンギンの話を聞いていた。胸の奥がどうしようもなくムカムカする。親を失ったガキどもに、さらなる地獄を味わわせようとする大人《おとな》がいるってことに、たまらなく腹が立つ。

「おれたちは、まともな人間として扱われなかった。あいつらにとって、おれとシャチはただの奴隷《どれい》だった！　だから、家を出たんだ。だけどおれたちに行き場はなくて、金を稼ぐアテもないから森に小屋を建てて、そこでもまともな暮らしは送れなくて……おれはもう！　生きてる意味が分からないっ!!」

ペンギンは泣いた。下を向いて、声を殺すようにして泣いた。

ベッドに寝ていたシャチも、泣きながら起き上がり、ペンギンの横に座った。

「あんたたちが助けてくれなかったら、おれたちはあのまま死んでた。助けてくれて、ありがとう！　それと……」

シャチは気まずそうな様子でベポを見た。そうして、何かを決意したように、口を開いた。

「白クマ……お前、おれたちが動けないあいだ、ずっと世話してくれてたよな。おかゆ食わしてくれたり、リハビリ手伝ってくれたり……どれだけ、感謝の言葉を並べても足りねエッ！」

「い、いいよ、そんなの……怪我してるやつがいたら、助けるの、当たり前じゃんか」

「当たり前なんかじゃ、ないっ！　おれは、おれたちは、お前をいじめた人間だ。蹴ったり、殴ったりした。そんなやつらに優しくできるなんて、当たり前のことじゃない！」

そう言って、シャチはベポに向かって頭を下げた。ペンギンもそれに倣《なら》った。

「白クマ……いや、ベポ。助けてくれてありがとう。それから、勝手な八つ当たりで、ひどいことして、本当に悪がった！　ごめんっ!!」

沈黙がその場を覆った。ベポが気にしないでくれよと言っても、ペンギンとシャチは頭を下げたまま、涙を流している。

――生きてる意味が分からない。

そうペンギンは言った。

きっと、シャチも同じ気持ちなんだろう。

クソッ。

なんでか分からない。分からないけど、とんでもなく不愉快だ。

まるで、町を焼かれた時の、おれの気持ちが代弁されているようで――

「なあ、お前ら」

自然に、おれはペンギンとシャチに声をかけていた。

「行くとこねェんだよな。親戚の家に戻るつもりもないんだろ」

「うん……あそこに戻るのだけは、絶対に、嫌だ……」

「よし、じゃあお前ら、おれの子分になれ。そうしたら、とりあえずはここに住まわせてやる」

それを言った途端、二人の表情が晴れやかなものに変わった。

おれが冗談でこんなことを口にしてるわけじゃないってことくらいは、伝わったんだろう。

「だからここはワシの家じゃっつーのに！」

じいさんがガミガミと文句を言ってくるが、そんなものは無視だ。

「ちなみに、このベポもすでにおれの子分になってる」

「初めて聞いたよ！　そうだったのかよ！　アイアーイ‼」

シャチとペンギンが顔を見合わせる。

二人、同じタイミングでうなずき合う。

そして、おれたちの方を向いて、

「「ここに、置いてください！　お願いします‼」」

声を合わせて、もう一度深く頭を下げた。

同時に、ヴォルフが大きくため息をつく。またクソガキが増えるのかと、小さく愚痴《ぐち》をこぼす。

「えーい、ガキども！　しょうがないから、貴様ら四人まとめて、この家に置いてやる！　だが勘違いするなよ！　ワシはお前たちの保護者になる気はない！　家族や友達なんてのもまっぴらごめんじゃ！　あくまでワシらの関係はギブ＆テイク！　お前たちは生きていくための場所が欲しい！　ワシは発明と生活のための労働力が欲しい！　等価交換ということじゃ！　怪我人の体調が戻り次第《しだい》、全員町でも働いてもらう！　ワシの手伝いだけじゃなく、きちんとした労働をしてもらう！　それでいいなっ!?」

誰も反対するやつはいなかった。

誰も暗い顔をしていなかった。

ヴォルフだけがひとり、恥ずかしい演説でもしてしまったかのように、顔を真っ赤にしていた。


──おれは、コラさんが言っていた「自由」の意味を、あらためて考える。

おれもベポも、ペンギンもシャチも、この世界でどうしようもない孤独を味わって、それでも今、絶望を乗り越えてここにいる。

おれにはまだ、「自由」っていうのがどういうことなのか、よく分からない。

ただ、このヴォルフの家に、居心地のよさを感じているのはたしかだ。

なんでだろう？

ギブ&テイクを信条としているじいさんなのに、ヴォルフの言葉はおれたちを押《お》し潰《つぶ》したりしてこない。対等な人間として尊重されていると、そう感じられる。

だったら、ここでいいのかもしれない。こいつらと一緒にここで暮らしていくうちに、おれはコラさんの伝えたかった「自由」を見つけられるかもしれない。

根拠はないけど、確信がある。
五人での奇妙な共同生活の先に、おれはきっと求めているものに巡り合える。
ああ、そう考えれば――
――この世界も、なかなか悪いもんじゃない。
やかましく騒いでいる四人を見ながら、おれはひっそりと、口元をゆるませた。

# 第二話

# ONE PIECE novel LAW Chapter 2

「ペンギン、てめえ！　そのワニの肉はおれが焼いてたやつだろ！」

「知らねェよ！　こんなのは早いもん勝ちだ！」

「ちょっと待てよ！　ペンギンもシャチも三キレずつ食べてるだろ！　おれ、まだ二キレしか食ってないぞ！　この家ではお前らの方が新入りなんだから、ちゃんとおれを立てろ！」

おれたちの晩メシは、いつも騒がしい。

大抵、シャチとペンギンとベポが、食いものがらみで揉《も》めるのが原因だ。

ったく、肉を大皿に盛るんじゃなくて、最初っからおんなじ枚数になるよう分けておけば早《は》えェのにな。

そんなことを考えながら、おれは無言で四キレ目の肉を口に放りこんだ。

「うるっさいわ、ガキども！　メシは静かに食えと、何度言ったら分かるんじゃ！」

ヴォルフのじいさんが机をドンッと叩《たた》きながら説教に入った。こういう場合、じいさんの話はやたらと長くなる。おれはそーっと、気づかれないように部屋へ移動しようとするが――

――後ろから、首根っこをガッと摑《つか》まれた。

「こらぁ！　ひとりで逃げようとしてもバレバレじゃぞ、ロー！　そもそもリーダーであるお前がちゃんとしないから、こいつらの行儀がよくならんのじゃ！」

「んなこと知るかよ。おれはこいつらを子分にしたけど、世話係まで引き受けた覚えはないぞ」

「ええい！　どいつもこいつも生意気な……!!　ああ、ワシの平穏な生活はもう帰ってこないのか……」

「いいじゃねェか。ガラクタ作ってるだけの生活よりは、今の方が活気もあってマシだと思うぜ」

「やかましいわ！　このクソガキが！」

結局、ヴォルフの説教はおれが単独で喰《く》らうことになった。

ベポたちは申《もう》し訳《わけ》なさそうな顔でこちらを見ているが、どうせ明日《あした》も同じようにうるさくするに決まってる。

一緒に過ごしているうちに、こいつらは反省しても一日で忘れる連中なんだってことがよく分かってきた。

おれたちが五人で暮らし始めてから、あっという間に二か月が経《た》った。

同じ屋根の下で食卓を囲み、風呂に入り、自分たちでゲームを考えて遊んだり、馬鹿話を楽しんだりする。それは、おれのこれまでの人生にない時間の使い方だった。

ドフラミンゴたちと一緒にいた時、希望なんてものは一切なかった。死ぬ前に世界をぶっ壊してやりたいっていう黒い欲望だけで動いていたし、何かを楽しいと感じるような余裕もなかった。ドフラミンゴ、ディアマンテ、ラオG、グラディウス……あいつらはいろいろなことを教えてくれたけど、それはおれを使える「道具」にするためだ。

……今こうして、ヴォルフやベポたちと過ごしている時間がどんな未来に繋《つな》がっているのかは知らない。それでも、こいつらがおれを「人間」として扱ってくれていることくらいは分かる。「道具」じゃなく、一緒に話して、馬鹿なことをやって、笑い合う関係でいてくれてるってことが伝わってくる。

ドフラミンゴへの怒りが消えたわけじゃない。

復讐を望む気持ちは、胸のうちにドス黒く残っていて、時々顔を覗《のぞ》かせる。

だけど今、おれには仲間がいる。

くだらないことをやって、怒りや憎しみを忘れさせてくれる連中がいる。

それだけで、十分だ。

仕事も上手《うま》く分担できるようになってきた。初めはみんな慣れずに戸惑《とまど》ってたし、言い争いも多かったけれど、最近はおれも含めて、ちゃんと共同作業をこなしている。

ヴォルフは毎朝八時に家を出て、歩いて三十分くらいのところにある研究所へ向かう。ここ一か月ばかりは町の方に何か用事があるらしく、暗くなってから帰ってくることも珍しくない。

「何やってるのか知らないけど、ヴォルフ、平気かな？　発明もやって、町にも出かけるような暮らしで、疲れてないか心配だよ」

ベポが素朴な疑問を口にした。

「問題ねェよ。ガラクタ屋の身体《からだ》は特別製だ。今朝《けさ》も楽しそうに発明品の話をしてたぜ。『もうすぐ、お前たちに空からの景色を見せてやるわい！』とかなんとか言ってたな……」

「そっかー、元気ならそれでいいんだけど」

実際、ヴォルフは健康そのものだ。念のため、たまに健康状態のチェックをしてやってるが、数値は全部正常。しかも、筋力や肺活量はそのへんの若い男よりもはるかにある。あいつはあんまり昔の話をしないけど、若い頃に相当鍛《きた》えていたんだと思う。

ヴォルフが家を空《あ》けているあいだに、おれたちは畑仕事や釣り、掃除《そうじ》や洗濯をこなす。めんどくせェと思ったりもするが、自分がきちんと仕事をこなせてるってことを、少しは誇らしく感じている。

空いた時間には、それぞれ自分のやりたいことに熱中している。おれは医学書を読んだり能力を使う練習に明け暮れたりしていることがほとんどだが、ベポのやつは大抵、航海術を勉強してる。

ペンギンとシャチは、とにかく強くなりたいって話をよくしてくる。けど自己流でやっても効率が悪いから、仕方なくおれがヴォルフに武器を借りて、二人に剣術や砲術を教えてやることも多い。かったるいが、退屈ってわけじゃない。二人とも結構筋《すじ》がいいし、おれの言うことを素直《すなお》に聞くから上達が早い。自分の教えたことを相手がこなせるようになるってのは、想像していたより嬉《うれ》しいもんだ。ペンギンとシャチが遠くの的《まと》に銃弾を命中させて喜んでる様子《ようす》を見ると、おれの方も思わず口元がゆるむ。

そうして夜になったらヴォルフの帰宅を待ってメシを食い、その日にあったことを話したりした後、ぐっすりと眠る。こういう生活のリズムを、おれはそれなりに気に入っていた。

——だけど、そんな甘い暮らしはいつまでも続くもんじゃない。


「明日《あす》、全員でプレジャータウンに行くぞ」

ある日の夕食後、ガラクタ屋は真面目《まじめ》な顔でそう言った。

「前に約束したのを覚えているな。ワシの手伝いだけでなく、町でも仕事に就《つ》いてもらうという話だったはずじゃ。お前たちがここへ来てから二か月以上が経った。そろそろ、約束を守ってもらおう。あくまでワシらの関係はギブ&テイク《アンド》。この先もここで暮らすのなら、ちゃんと家賃と食費は払ってもらうぞ」

ヴォルフは真剣な表情でおれたちを見ていた。

おれは、すぐにうなずくことができなかった。

町に行く。

ただそれだけのことが、どうしようもなく怖《こわ》かった。

たしかに、おれの珀鉛病《はくえんびょう》は完全に治った。顔の白くなった部分も元通りになったし、前に町へ行った時みたいに驚かれることもないだろう。

それでも。

過去の記憶はまだ消えることなく、どうしようもない濁《にご》りみたいに、おれの中に残っていた。コラさんと雪の中を歩いた日々のことを思い出す。にこにこと笑っていた医者たちが、珀鉛病という名前を出した途端、ひどく汚いものを見るような目に変わった時の空気を思い出す。

怖い。

「ワシはもう寝る。明日の朝、食事をとったらすぐに出るからな」

そう言い残してヴォルフは自分の部屋に戻っていった。おどけた様子は微塵《みじん》もなく、どこか冷たささえ感じさせるような口調だった。

じいさんがいなくなった後の食卓の空気は重苦しいものになった。少なくとも、じいさんの提案を喜んでいるやつがいないことはたしかだ。

「なあ、ローさん」

そんな中、ベポが弱々しい声でおれの名前を呼んだ。

「町、行かなきゃ駄目かな……？」

「……じいさんの言ってることは筋が通ってる。おれたちは最初に、町で仕事に就くって約束したんだ。だったら、それを無視するわけにはいかないだろ」

「でもおれ、おっかないよ……。喋《しゃべ》るクマを見た町の人の反応を考えると、どうしても身体が震えちまうんだ」

「じゃあ、いつまでもこの家で、じいさんの世話になってぬくぬく暮らしてるだけでいいのか？　それはやっぱり、違うだろ。外に行かなきゃ、何も始まらねェ」

くそっ。

まるで、自分に言い聞かせてるみたいだ。

……シャチとペンギンも、ベポと同じような気持ちなんだろう。

いや、こいつらの場合はそこから逃げるようにこの家に来たんだから、余計不安に思う部分もあるのかもしれない。

「シャチ、ペンギン。プレジャータウンってのは、治安が悪かったりするのか」、おれは二人に尋《たず》ねる。

「分かんねェ……おれたちはシャチの叔父《おじ》さんの家で暮らしてたけど、なるべく町の人と関わらないように言われてたから……」

そう答えるペンギンの声に力はない。

「おれたちが外に出る時は、ほとんどが密輸してる武器の引き取りに行かされるとか、店に盗みに入らされるとかで、まともに町の人と話したことはないんだ……。ローさん、おれ、やっぱ行きたくねェよ。おれもペンギンも、ずっと悪いことしてきたんだ。顔だって覚えられてるかもしれないし……それに、叔父さんや叔母《おば》さんに見つかったらって考えるだけで、心臓がばくばくするんだ……」

シャチは言葉に詰まり、うなだれた。

ああ、そうか。

おれも、こいつらも、「大人《おとな》」が怖いんだ。

みんながみんな、ヴォルフみたいに親切なやつってわけじゃない。

今ここで楽しく遊んでいられる「子ども」の世界の外で、「大人」たちに嫌われ、馬鹿にされ、脅《おど》され、いじめられることが怖くてたまらないんだ。

それでも――

「だいじょうぶだ」

そうおれは言いきった。

三人の目がこちらに集まる。

少し躊躇《ためら》った後で、おれは珀鉛病のことをみんなに話した。その病気のせいでどんな風に迫害されたか、どれほど「大人」に嫌《いや》な目に遭《あ》わされたか……そして、大切な人を失った時にどれほど辛《つら》かったか。

三人はじっと黙って、おれの話に耳を傾けていた。

「ローさん、そんなことがあったのかよ……全然知らなかった……」、とペンギンが弱々しい声を出す。

「別にわざわざ話すようなことでもないだろ。病気はもう、完全に治ってるんだしな。おれが言いたいのは、お前らも強くなるしかないってことだ。おれはたしかに迫害されたし、酷《ひど》い目にもたくさん遭ってきたけど、こうやって生きてる。明日町に行って、おれたちは嫌な思いをするかもしれない。けど、そんなもんにビビってたら、お前らはいつまで経っても前に進めない！　周《まわ》りの目を気にしてビクビクしながら生きていくしかなくなっちまう。そんなのは、違《ちげ》ェだろうが」

落ち着いて、シャチたちを諭《さと》すようにおれは言った。

暗く沈んでいた三人の表情が、少しだけ明るいものに変わる。

「うん……うん……！　おれ、がんばるよ！　ちゃんと町の人と話して、働けるところ見つけるよ！」

そう言って、ベポが硬く拳《こぶし》を握った。

「ああ、それでいい」、とおれも応《こた》える。

「へへっ。なんか、気が楽になったよ。ありがとな、ローさん。やっぱ、あんたはすげェや。おれがローさんの立場だったら、ビビって町になんか行けねェもん」

シャチの言葉に、おれは「そうかよ」とだけ返した。

……おれだって、お前らとおんなじだよ、シャチ。

本当は今だって、手足がすうっと冷たくなって、背中にも嫌な汗を掻《か》いてる。町でどんなことが起こるかって考えただけで、胃のあたりが痛くなる。

それでもおれは、こいつらの前ではカッコつけなきゃいけないと思った。

ベポ、ペンギン、シャチ。おれは三人に、子分になれって言ったんだ。だったらおれには、親分としての責任がある。強がらなきゃいけない。見栄を張らなきゃいけない。

ここでおれまでショボくれてたら、こいつらはずっと何かに怯《おび》えながら生きていかなきゃならなくなる。

そんなのはゴメンだ。

おれにはおれの誇りがある。

それを守るためなら、ちょっとくらいの無理なんか、なんでもねェ……！

「よし、それじゃとっとと寝るぞ。寝坊でもしたら、またじいさんにクドクド説教されるだろうからな」

「「「アイアイサー!」」」

とりあえず、三人はだいぶ元気を取り戻してくれた。

全員で部屋に戻り、それぞれ寝床に入る。

なんにしても、すべては明日だ。

だいじょうぶ、きっと、だいじょうぶだ。

心の中で何度も自分に言い聞かせながら、おれは布団《ふとん》をかぶり、ぎゅっと目を閉じた。


翌朝、おれたちはペンギンの焼いてくれた目玉焼きと米を食いながら、五人でテーブルについていた。

じいさんはほとんど何も喋らない。

……ちっ、なんだよ、少しくらい言葉をかけてくれたっていいだろうに。

じいさんだって、おれたちがビビってるってことくらいは分かってるはずなんだ。なのに……。

おれの中に、小さな疑念が生まれてしまう。

ヴォルフも結局はそのへんの「大人」と一緒で、金を稼ぐ道具としておれたちを使おうとしてるんじゃないか?

けど、この数か月間、おれたちに見せてくれた優しさに、嘘《うそ》が混じってるとも思えなかった。

……分からない。ヴォルフの考えが読めず、おれは不安な気持ちを隠せずにいた。

「時間じゃ、出発するぞ」

ヴォルフの声にしたがうようにして、おれたちは巨大なバギーに乗りこんだ。八人まで乗れる、じいさんの発明品だ。おれが助手席に座り、ベポたち三人が後ろの座席に腰掛けた。

バギーはすごい速さで町までの道を駆けていく。

後ろからはベポたち三人の話している声が聴こえてくるが、どことなく元気がない。

ちらりと、運転しているヴォルフの顔を覗きこんだが、その表情から何かを読み取ることは難しかった。

そうして、十分ばかりでおれたちは町の入口についた。前に来た時と同じ、〝プレジャータウン〟と書かれた看板が目に入った。今から、おれたちはこの中に入って、町の人たちと話し、仕事を見つけるんだ。

ふう、とおれは大きく息を吐《は》いた。

おれがしっかりしなくちゃいけない。

子分を、仲間を、おれがちゃんと守るんだ。

「ほれ、行くぞ」

バギーを停《と》めると、ヴォルフは言葉少なに、ずんずんと歩いていく。おれたちは頼りない足取りでその後ろをついていく。

活気のある町だった。

前に来た時は気づかなかったけど、あちこちから食い物や道具を売る商人たちの声が聴こえてくる。

「今日はいい魚が獲《と》れてるぜ！　買った買ったぁ‼」

「うちの肉は最高さ！　今なら特別サービスで三割引きで売ってやるよっ‼」

大きな広場では朝っぱらから踊ったり歌ったりしている連中もいて、まるで祭りが開かれているみたいだ。あたりを見回してみると、タトゥーを彫《ほ》る店や占いの館《やかた》、それに楽器や絵本の専門店まである。あまりのにぎやかさに、ちょっとばかり圧倒されてしまう。

でも、何より驚いたのは、町の人たちのヴォルフに対する態度だった。

「よお、ヴォルフ！　久しぶりじゃねえか！　ちょうどあんたの発明に使えそうな品が入ったところだ、買ってけよ！」

「おお、あとで店を覗いてやるわ」

「ヴォルフさん！　あらあら、後ろに連れている子どもたちはなあに？　ヴォルフさんの孫だったり？」

「あほう！　こいつらは単なる居候《いそうろう》じゃ！」

「あら、そうなの。へえ、みんな可愛《かわい》い子たちじゃない。リンゴ、いくつか持っていかない？　子どもたちに免じて、サービスしちゃう」

「ほう、そういうことなら、ありがたくもらっておこう」

歩くたびに、誰かがヴォルフに話しかけてくる。

どうやら、ヴォルフはこの町ではちょっとした「顔」になっているらしい。

その連れということで、たくさんの人がおれたちにも関心を向けてくれた。

――誰も、嫌悪《けんお》や侮蔑《ぶべつ》のまなざしを向けてきたりはしない。

「少しは安心したか？」

今朝までの冷たい感じじゃなく、いつも通りのやわらかい笑顔でヴォルフが言った。

「この町はな、十七年ばかり前に、一度滅びかけたことがある。……ロクでもない海賊のせいでな。その事件の後で、標語が作られた。『誰もが喜べる町を。誰もが優しくあれる町を』とな。だから、喋る白クマがいるくらいで、町の人間は嫌な態度をとったりしないわい。ここを訪れる者たちを、できる限りあたたかく迎え入れる。それがこの町の精神なんじゃ」

「じいさん……あんた、こうなるのが分かってたのか」、とおれは訊《き》いた。

「当たり前じゃ。この天才発明家、多少の未来は見通せるわい」

「だったら、先に説明しときゃいいじゃねェか」

「ふんっ。ワシが口で説明したところで、お前たちは納得できんじゃろうし、不安が消えることもなかったはずじゃ。……他人の優しさなんてのはな、直接触れなければ意味のないものなんじゃ」

　たしかに、ヴォルフの言う通りだ。

　前もって安全な場所だと言われても、おれたちは信用できなかっただろう。

　でもこうして、活気のある町の中でたくさんの人に当然のように話しかけられていると、ここへ来る前の恐怖や不安はどっかへ吹っ飛んでいくように思えた。

「よし、それじゃあ町の駐在のところへあいさつに行くぞい。ガキどもを働かせるんなら、許可をとっておく必要があるんでな」

　広場を抜けて進んでいくと、レンガ造りの小さな建物があった。どうやら、ここが町の駐在所らしい。

「ラッド！　おるか！」

呼びかけに応じるようにして、中から男が姿を現した。赤い制服を着て、腰には刀を差している。このおっさんが駐在なんだろう。

「んんー、ヴォルフじゃないか！　なんだ、お前が私のところを訪ねてくるなんて、珍しいこともあるもんだな」

「今日はちょっと頼みがあってな。こいつらを、町で働かせてやってくれないか。今、ワシの家で面倒を見てやってるガキどもじゃ」

「面倒を見てる？　あんたが？　……どういう風の吹き回しだ」

「……ふん、深い意味はないわい。こいつらを住まわせて、ワシは労働力を提供してもらう。単なるギブ&テイクの関係じゃ」

「……ま、そういうことにしといてやろう。ほら、ここに保護者としてサインしな。あとは、好きに町を歩いて雇ってくれるところを探せばいい」

ヴォルフがサインをした後で、おれたちも自分の名前を書いた。

……同じ紙に、全員の名前が並んでいる。

なんだかそれは。

まるで家族みたいで。

「なあ、ヴォルフ」、ラッドが少し重い感じの声でヴォルフの名を呼んだ。

「ん、なんじゃ？」

「あんた、町に戻ってくる気はないのか……？　全員、歓迎してくれるよ。そっちのちびっ子たちも含めて、みんな親切にしてくれるはずだ」

「……ははっ。そいつは、ごめんこうむる。ワシは今の生活が気に入っとるんじゃ。そもそも、町の中じゃ満足に実験をやったり発明品を作ったりもできんだろう。こんな老《お》いぼれには、島の片隅でひっそりと暮らしとるのがお似合いよ」

「……分かった。これ以上、私からは何も言わん。だが、気が向くようなことがあれば、遠慮なく言ってくれよ」

「ふん。厚意だけ、受け取っておくわい」

ヴォルフの口調にはどこか寂《さび》しさを感じたが、おれはそれを上手く言葉にすることができなかった。


それから、おれたちは自分がどんな仕事をしたいかをヴォルフに話し、それに合った場所を回ることになった。

おれは町の診療所。

ベポは力を活《い》かせる工事現場。

ペンギンはレストランのウェイター。

シャチは美容院の雑用。

全部にヴォルフは付き添ってくれて、おれたちが真っ当な連中であること、仕事をする上で信用できる子どもだってことを、丁寧《ていねい》に説明してくれた。

そのおかげで、おれたちは全員、あっさりと雇われることが決まった。こんなに物事が上手く進んでいいのかと逆に心配になるくらいのスムーズさだった。

「おれ、前から美容師の仕事って憧れてたんだよ！　技を盗んだらお前たちの髪も切ってやるぜ！」

「シャチは手先が器用だからな。向いてるんじゃないか。ふう、おれもウェイターの仕事はやってみたかったが、ちゃんと接客できるかは心配だ。コックとかに怖そうな人がいないといいな……」

「工事現場の仕事……ドリルとか、ショベルカーとか使わせてもらえんのかな⁉　おれ、そういう機械で何かするのいいなあって、ずっと思ってたんだ……」

三人とも、今朝までの不安なんかすっかり忘れた様子で浮かれていやがる。

やれやれだ。

とはいえ、おれもテンションが上がってないと言えば、嘘になる。

最初はほとんど雑用だけという話だったが、それでも診療所という場所で、医療に関われるのは正直嬉しかった。

両親が患者を治した時に見せた、嬉しそうな顔を思い出す。

あれからずいぶんと時間も経ったけど、あの人たちと同じ環境で働けるんだと思うと、身体の芯《しん》に熱が入ったような気持ちになる。

「うーん、でも失敗して怒られるのはやっぱり怖いなあ……」、とベポがつぶやく。

「安心しろ、ベポ。ぼろぼろで血塗《ちまみ》れになったお前を、おれが診療所でちゃんと治してやるよ」

「大怪我《おおけが》すること前提かよ！　アイアーイ！」

ははっ。

……楽しいな。

まさか、「大人」たちと関わることが決まったっていう状況で、自分が笑えるなんてことは考えてもいなかった。

シャクだけど、ヴォルフのじいさんには感謝しなきゃいけないのかもな。

——と、さっきまでおれたちと一緒に愉快そうな様子を見せていたヴォルフが、険《けわ》しい顔つきになっていることに気づいた。

「最後に寄らねばならん場所がある。行くぞ、ガキども」

そう言ってヴォルフは、町の入り口とは全然別の方向へ歩き出した。

「なんだよ、ヴォルフ。ネジとかコイルとか、発明品に必要なものは買ったし、もう帰るんじゃないのか？」

「日用品とか食材もちゃんと買ってあるぜ」

ペンギンとシャチが言葉をかけるが、ヴォルフは返事をせず、一直線に歩いていく。

何がなんだかよく分からないまま、おれたちはそのあとをついていった。

「なあ、こっちの方向って……」

「うん……」

後ろから、ペンギンとシャチのか細い声が聴こえた。明らかに、二人は落ち着かない様子でそわそわしている。

しばらくしてヴォルフは足を止めた。目の前にあるのは、とんでもなくでかい豪邸《ごうてい》だ。

なんだ、ここに友達でもいるのか？

「どうして、ここに……」

横を見ると、ペンギンが真《ま》っ青《さお》な顔をしている。

「なんでだよ、もう二度と、見たくないって思ってたのに……」

シャチの方も、声を震わせている。

……ああ、そうか。

二人の様子を見て、分かった。

ここは――シャチとペンギンが暮らしていた、叔父さんとやらの家だ。

「どういうことだよ、ヴォルフ！　なんでおれたちをこんなとこに連れてくんだよ‼」

今にも泣き出しそうな声で、シャチが叫んだ。

「シャチ、ペンギン。無理やりやらされていたこととは言え、お前たちが悪事の片棒をかついでしまったことは事実じゃ。放っておいたら、町の人間の中にもそれに気づく者は出てくるだろう。そうしたら、お前たちに対する信用だって崩れてしまう。だからこそ、ケジメをつけておく必要があるんじゃよ」

「で、でも！　おれ、あの人たち……叔父さんと叔母さんと、ちゃんと話す自信なんか、ねェよ……さっきからずっと、足も震えて……」

シャチは涙をこらえるようにして、歯を食いしばっていた。

そこへ――

「だいじょうぶじゃ」

ヴォルフは、左右から抱きしめるようにして、ペンギンとシャチの肩に手を置いた。

「お前たちは見ているだけでいい。ここからはワシの仕事じゃ。『大人』の、仕事じゃ」

信じろ、とだけ言ってヴォルフは豪邸の門を開け、玄関の扉を叩いた。

すぐに中から、メイド服を着た女性が現れる。

「ど、どちらさまでしょう……？」

「ワシの名は天才発明家ヴォルフじゃ。いきなりで申し訳ないが、ここの主人と話をしたい」

「はあ……ですが、事前のお約束がないことには……」

「シャチとペンギンを連れてきた！　それだけ伝えてくれ！」

「わ、分かりました……！」

メイド服の女性は中へ戻っていった。しばらくすると、金色のスーツに身をつつみ、全身にじゃらじゃらと高そうな宝石をつけた男が現れた。

「おお～う、本当にペンギンとシャチがいるじゃねェか！　なんだじいさん、あんたがわざわざこいつらを連れ戻してくれたのかい？」

それは、初めて聴くはずなのに、よく知っている種類の声だった。

「大人」たちが、誰かを馬鹿にしたり見下したりする時に使う声だ。

こいつが、ペンギンとシャチを道具のように扱ったやつなんだと、瞬時に悟《さと》った。

「確認するが、あんたがシャチの叔父、ということで間違いはないか」

「あー、そうとも。シャチとペンギンの保護者だよ。いやいや、急にガキどもがいなくなるから、こっちとしても困ってたんだ。わざわざ連れてきてもらって、すまねェな」

そう言って、金色のスーツを着たおっさんはシャチとペンギンに近づこうとする。

けどそれを、ヴォルフがあいだに入るようなかたちでさえぎった。

「んん～？　どうしたんだい。久しぶりの家族の対面だ。ガキどもも、家を出ていろいろと不安だったろうから、早く中に入れて安心させてやりたいんだがねえ」

「……あんたに、こいつらを引き渡すわけにはいかんな」

「あん？　何言ってるんだい、じいさん。もうボケちまってるのか？　ああ……そうかそうか！　なんの見返りも期待せず、ガキどもを連れてくるなんてことはないわなあ！　いくら払えばいい？　五〇万ベリーか？　一〇〇万ベリーか？　便利な『道具』を運んできてもらったんだ。報酬《ほうしゅう》ははずんでやるよ！」

「道具、じゃと……？」

ヴォルフの眉《まゆ》が吊《つ》り上《あ》がった。

これまでに見たことのない、相手を睨《にら》み殺《ころ》すような眼をしている。

「あいにくだが、ワシはあんた方の元へ返すために、こいつらを連れてきたわけじゃないわい」

「はあ？」

「お前たちは、ペンギンとシャチに悪事を働かせていたな。武器の密輸から宝石店への強盗まで。それは事実か？」

「……っ！　クソガキども！　おめえらが話したのか⁉　……ふざけた真似《まね》をしやがって……教育が足りてなかったようだなあ！」

おっさんは怒り狂った様子で、ペンギンとシャチに向けて拳を振り上げた。

二人とも、恐怖の記憶が植えつけられているのか、身体が硬くなってよけることもできず、突っ立っている。

けど、その拳は、ヴォルフによってあっさりと受け止められた。

「おい、放せよじじい！　……っ！　な、なんだこいつ……すげえ力だ……や、やめろ！　手が潰《つぶ》れちまう！」

「あんたはそうやって、何度もこの子たちを殴《なぐ》ってきたのか……？」

「……ああ！　そうさ！　それの何が悪い！　両親の死んだみじめなガキどもに住む場所を与えてやったのはこのおれだ！　世の中のゴミみたいなやつらを、上手く使ってやったのはこのおれだ！　失敗したら殴りもするさ！　そうやって、もっと使える『道具』に仕上げていくんだよ！　単なるゴミを立派な『道具』にしてやる！　いいことじゃねえか！」

……身体の震えが、止まらねェ。

恐怖から来るもんじゃない。

シャチを、ペンギンを──おれの仲間を馬鹿にされたことへの怒りが、腹の底から湧《わ》き上《あ》がってくる。

「ふざけんな!!」

気づけば、おれは大声で叫んでいた。

悔《くや》しさと哀《かな》しさが入り混じって、自分の感情を抑《おさ》えきれない。

「そいつらはおれの大切な子分だ！　てめえみたいなゲスが！　勝手にそいつらを『道

具』なんて呼ぶんじゃねェ!!」

「ロ一さん……」

シャチの涙声が耳に届いた。

「てめえは……こいつらの気持ちが分かんねェのか……? 両親が死んで……頼れる『大人』もいなくて……悪いことを無理やりやらされて……それがどんなに辛いことか、分からねェのか!!」

「知ったような口をきくガキだ……いいか! おれがこいつらを引き取ってやったんだ! 家も寝床も食事も与えてやった! ああ、食事って言ってもネズミのエサみてえなもんだが……クズにはそれで十分なんだよ!」

「このっ……!」

こらえきれず、おれはそいつに駆け寄って、殴りかかろうとする。けれど、それよりも先に——

「もういい、喋るな」

——ヴォルフの拳が、男の腹にめりこんでいた。

「お……ごっ……」

そのまま、男は前に倒れて気を失った。

そして、

「シャチ！　ペンギン！」

ヴォルフは大声を張り上げた。

「お前らは道具なんぞではない！　クズなんかではない！　いらない存在なんかではないんじゃ！　ワシにとって！　お前らは大切な同居人じゃ!!　こんな男の台詞《せりふ》で、お前たちが傷つく必要は、微塵もないっ!!」

おれとベポはその場に立《た》ち尽《つ》くしていた。

シャチとペンギンは、地面に膝《ひざ》をついて泣いていた。

言いたいことは山ほどあったが、それは全部ヴォルフに持っていかれてしまった。

「ヴォルフ！　何があった！」

騒ぎを聞きつけたのか、息を切らしながら、さっき駐在所で会ったラッドが走ってくる。

「おう、いいタイミングじゃな、ラッド。……この男と、それから家の中にいるだろう妻。その二人は武器の密輸や、町での強盗を子どもたちにやらせていた。すぐに部屋を調べてもらいたい」

「……っ！　前々から悪いうわさは絶《た》えない家だったが……しかし、証拠もなしに踏みこむわけには……」

「ふんっ！　証拠なら十分揃《そろ》っておるわい。ほれ、この男が武器や違法ドラッグを取引していた組織から奪ってきた書類じゃ。薬物の名前、分量、氏名まできっちり書かれておる」

「あんた、こんなものをどうやって……！」

「この一か月、町の連中から情報を集めて、組織のアジトを突き止めただけじゃ。まあ、昨日《きのう》その紙きれを奪う際に、ちょっとした乱闘にはなってしまったがの」

「ガラクタ屋、もしかして、町に用事があるって言ってたのは……」

「ふん。アジトを見つけるまで一月《ひとつき》もかかるとは思わんかったわい。おまけに五人を相手に戦う羽目にもなるわで、とんだ骨折り損じゃ」

……そのためにずっと、毎日のように駆け回ってたっていうのかよ……。

しかも、五人を相手に戦ったって……このじいさん、そこまで強かったのか……。

「家宅捜索を行うには、十分な証拠だな。ちょっと待っていてくれ、すぐに人を呼ぶ」

それから、あっという間に何人もの駐在が集まり、家の中へ入っていった。

ヴォルフの言う通り、シャチの叔父と叔母の部屋からは犯罪の証拠が大量に見つかった。

シャチやペンギンから聞かされていたものだけでなく、違法ドラッグの売買、さらには子どもを誘拐して島の外に売り飛ばす計画まで立てていたらしい。

その場で二人は逮捕され、駐在に連行されていった。

「手間をかけさせたな、ヴォルフ」

そう言って、ラッドは帽子を取って頭を下げた。

「ふん。ガキどもが思ってた以上にきっちり働いてくれたからな。ボーナスを払ってやっただけのことよ」

「変わらんな、あんたは。自分だけがしんどい思いをするようなやり方ばかり、選んでいる」

「余計なお世話じゃ。ワシは、この生き方でいいんじゃよ」

それを聞いて、ラッドは笑った。

ヴォルフの方は口をへの字に曲げて視線を逸《そ》らし、照れている顔をこちらに見せないようにしていた。

「「ヴォルフ!!」」

そこへ、ペンギンとシャチが駆け寄った。

「おう、小僧ども。……嫌なものを見せて、すまなかったのう。だが、こうしてあいつらのやっていたことが表沙汰《おもてざた》になった以上、お前たちが責《せ》められるようなことはない。安心して、働くことができる」

ヴォルフは、二人の前にしゃがみこんだ。

そうして、右手をシャチの頭に、左手をペンギンの頭に、それぞれ置いた。

髪がくしゃくしゃになるような勢いで、二人の頭を撫《な》でた。

「もう、お前たちを怖がらせる人間は、どこにもおらんよ」

言い終わるかどうかのうちに、ペンギンとシャチはヴォルフの胸に飛びこむようにして、大声で泣いた。

ヴォルフの方は、にこやかに笑いながら、鼻水とよだれでぐしゃぐしゃになった二人を抱きかかえていた。

「ローさん。ヴォルフはさ、最初からずっと、おれたちのために動いてくれてたってことなのかな」、とベポが言う。

「……さあな」

ぶっきらぼうな調子でおれは返す。

そんなもん、考えるまでもなく、分かりきってる話だ。


それからおれたちは、大勢の人たちに見送られるようなかたちで町を出た。

朝と同じように、バギーは大きなエンジン音を立てて走る。

その音が、妙に心地よく感じられた。

「ふいー。まったく、いろいろあった一日じゃな。老体には堪《こた》えるわい。しかしガキども！　本番は明日からじゃぞ！　ウチの仕事も外の仕事もきっちりこなすというのは、そう楽なことじゃあない！　油断してポカをしたら、ゲンコツを喰《く》らわせてやるからな!!」

おれたちはそれぞれ、了解と返事をした。

しかしまあ、たしかに相当疲れた。

肉体以上に、精神をものすごくすり減らした感じだ。いろいろな「大人」に会って、これまでになく会話を交《か》わしたんだから、当然と言えば当然だ。

けど、まったく悪い気分じゃない。

「なあ、ヴォルフ」

不意に、ベポが口を開いた。

「ん？　なんじゃ、ベポ」

「さっきの駐在さんも言ってたけどさ、ヴォルフは町で暮らす気はないのか？　みんなにすげェ慕《した》われてたし、買い出しだって楽になるし、いいことばっかりじゃないか」

「言ったじゃろう。ワシは今の暮らしが気に入っとるんじゃ。第一な、町なんかで暮らして、実験中に大爆発でも起こしたらどうするんじゃ。それに…………いや、いい。とにかく、ワシはあの町にいない方がいいんじゃよ」

最後のつぶやきはどこか寂しそうで、簡単に口出ししちゃいけない気がして、おれたちはそれ以上何も尋ねることができなかった。

おれにはおれの、ベポたちにはベポたちの過去があるように、きっとヴォルフもヴォルフにしか分からない過去を背負っている。そこに無理やり踏みこんでいくのは、やっぱり間違ったことなんだろう。

「で、でも！」

ペンギンが後部座席から声を張った。

「助けてくれたこと、嬉しかった！　最初は怖かったけど……ヴォルフのおかげで信用できる『大人』もいるって分かった!!」

「おれもだ」、とシャチが続く。「みんなで暮らすようになってから忘れたふりしてたけど、いつもどっかで叔父さんと叔母さんが連れ戻しに来るんじゃないかって、不安だったんだ。だけど！　ヴォルフがおれたちのために動いてくれたから、もうだいじょうぶだ！　ありがとう!!」

それを聞いて、ヴォルフは顔を赤くしたり、口をもごもごさせたりした後――

「ふん、単なる、ギブ&テイクじゃ」

――それだけをつぶやいた。


おれたちの生活はだいぶ忙しくなった。

朝、ヴォルフが作ってくれた電動自転車に乗って町へ向かい（ヴォルフは「スーパー彗《すい》星《せい》号」という名前を付けようとしたが、全員一致で却下《きゃっか》した）、それぞれの仕事をこなした後、家に戻る。それから炊事や洗濯、日によっては畑仕事やヴォルフの発明の手伝いをする。これだけでもだいぶハードだが、おれたちは自分の勉強や修練をこなす時間もちゃんと作るようにした。

シャチとペンギンはだいぶ上手く剣や銃を使えるようになってきたし、ベポのやつは航海術の勉強だけじゃなく拳法の練習まで始めてしまった。ミンク族ってことが関係してるのかは分からないが、とにかくベポは呑《の》みこみが早かった。こないだ試しに回転蹴《かいてんげ》りを打たせてみたが、油断してたらおれでも吹っ飛ばされそうな威力で、正直ビビった。

そういう忙《せわ》しない毎日の中でも、おれたちは絶対に、朝メシと晩メシは五人全員でとることに決めていた。それぞれがバラバラのことをやっていても、一緒にメシを食う時間があるだけで、ちゃんと繫がっているんだって感覚を持てた。

外での仕事も、思っていたよりずっと楽しいものだった。おれが働くようになった診療所は医者と看護師がひとりずつっていう小さなところだけど、学ぶことはたくさんあった。とりわけ、医者の先生はたくさんのことを教えてくれた。これまでに出会った患者の話、治療が難しかった病気の話、オペの最中に貧血を起こして自分が倒れた話、他の国の医療事情、初めて聞く症例やオペの技術……。それはどれも、存分にワクワクできるものだった。

患者に接するのは苦手だったけど、先生はおれの知識と技術を評価してくれたみたいで、しばらくすると簡単な手術を任せてくれるようにもなった。

オペをするのは、楽しい。

別に人を切り刻むのが好きって話じゃなく、ただ単に、痛がってる人、困ってる人がいて、その人たちを健康な状態に戻してやれるってことが、たまらなく嬉しかった。

「ローくん、きみはきっといい医者になるよ」

ある日、先生は笑いながらそんなことを口にした。

いい医者、か。

それはどんなものなんだろう？

手術が上手いってことか？　薬に詳《くわ》しいってことか？　金をたくさん稼げるってことか？

どれも間違いじゃないだろうけど、答えをひとつに絞《しぼ》ることはできない気がした。

たぶん、それはおれがこの先、ゆっくりと時間をかけて見つけなきゃいけないものなんだと思う。


ある日の夜、みんなで部屋に集まって馬鹿騒ぎをしていると、ペンギンから町で聞いたうわさ話が飛び出した。

「今日、お客さんが話してるのを聞いたんだけどさ、なんか『スワロー島の財宝伝説』ってのがあるらしいんだ」

「財宝⁉　この島に財宝があるのか⁉」、ベポが興奮気味に話へ食いつく。

「おう。六十年前に、この島へものすごく有名な海賊団が来たんだってよ。けど、そいつらは航海の途中で流行《はや》り病《やまい》にかかってて、結局全員、ここで命を落とした。その船長が死ぬ前に、持ってた財宝を島のどこかに隠したって話だ」

「ふーん、本当なら面白《おもしれ》ェけどな。けど、六十年も見つかってない財宝なんて、ちょっと信じにくいな」

「ローさん！　そんな夢のないこと言うなよ！　あるよ……きっと財宝はあるんだよ！　それでおれたちはゴージャスでウハウハな暮らしを送るんだ……」

「落ち着け、ベポ。財宝に目がくらみすぎだ。あくまでうわさ話なんだ、真《ま》に受けすぎるな」

「あ、うわさって言えば、おれもちょっと面白い話を聞いたよ」、とシャチが口を開いた。

「この島にはさ、『海中を飛ぶツバメ』がいるらしいんだ」

「なんだそりゃ。海中なのに、泳ぐじゃなくて飛ぶなのかよ」、とおれはツッコんだ。

「こっちはそんな昔の話じゃないよ。この数年、漁師が船を出した時に何度か巨大なツバメを海の中に見たらしいんだ。で、そのツバメが姿を見せる時には、決まって島中に大きな鳴き声が響くって聞いた」

海の中のツバメと、巨大な鳴き声ねえ……。

……ん？

「どうしたローさん？　難しい顔しちゃって」

ベポがこちらを覗きこんでくる。

「いや、その鳴き声、おれ、聴いたことあるかもしれねェ」

「ええ！　マジかよ⁉」

「ああ、こないだ仕事が休みで、おれだけこの家に残ってた時にな。昼過ぎぐらいだったかな……外で剣振り回してたら、キィィインってかん高い音が急に聴こえてきたんだ。三十秒か一分くらいでおさまったけどよ、あれはびっくりしたな」

「すげえ！　やっぱり、『海中を飛ぶツバメ』は実在するってことじゃん！」

ペンギンが嬉しそうに叫ぶ。

「どうだろうな……あれ、鳥の鳴き声には聴こえなかったけどなあ……」

「きっと、珍しいツバメだから、鳴き声も普通のとは違うんだよ！」

「おう、きっとそうだ！　それに、『海中を飛ぶツバメ』の話が本当だったら、『スワロー島の財宝伝説』だって信用できそうじゃん！」、シャチもだいぶテンションを高くしている。

それからおれたちは、どうやってツバメを捕まえるかとか、財宝が隠してあるとしたらどこらへんかとか、そんな話を眠くなるまで続けた。それはどこか、冒険心をくすぐられるもので、おれもガラにもなく興奮して話に参加していた。

まあ、うわさ話が嘘か本当かは知らないが、いろいろ想像してワクワクさせてくれるってだけでも、悪いもんじゃないなと思えた。

診療所の仕事を終えて、自転車に乗って帰る途中、町の入り口に三人がいるのを見つけた。

「あれ、ベポたちじゃねェか……」

「おー、ローさん！」、とシャチがこちらに手を振ってくる。

「おう。何やってんだよお前ら」

「いやー、たまたまみんな、おんなじ時間に仕事終わったからさ、ローさんが来るのを待ってようって話になったんだ」

「そうか。じゃあ、せっかくだし、家まで競走と行こうぜ。最下位だったやつは、この先一週間、ずっと便所掃除と朝メシ係だ」

「「おー！」」

自転車を全速力で漕《こ》ぐと、全身に風を受けることになって少し寒い。けど、競走に熱中していると身体もあったまって、すぐに寒さは気にならなくなる。

普段なら一時間ばかりかかる道を、その半分程度の時間で駆け抜けた。

「ようし、一位だ！」

思わず、おれはガッツポーズをとった。

後ろを見ると、シャチ、ペンギン、ベポの順に並んでいる。結局そのまま全員がゴールし、最下位はベポに決まった。

「はっはっは。脚力だけじゃ自転車勝負には勝てねェってことだぜ、ベポ。しっかしお前はほんと、いつまで経っても乗るのが下手《へた》だよなあ。自転車がよろよろしてて、いつコケるんじゃねェかって、見てる方がおっかなかったぜ」

「うん……ほんと、自転車も満足に乗りこなせないおれってなんなんだろう……ちょっと旅に出て自分を見つめ直してくるよ……」

「いちいち暗くなるなよっ‼　落ちこみ癖も治らねェな、お前はっ‼」

ずーんと落ちこんでいたベポをどうにか励《はげ》まし、おれたちは家に入った。

ヴォルフもとっくに戻ってるはずの時間になっていた。とっととメシの時間にしたいところだ。

「おーい、ガラクタ屋！　帰ったぞ！」

おれは声を出して呼びかけるが、返事がかえってこない。

まだ戻ってないのか？

妙だな。ガラクタ屋はガサツそうに見えるけど、自分で決めたスケジュールを破るなんてことは滅多《めった》にないはずなんだが。

発明に熱中でもしてるのか？

「どうする？　とりあえず先にメシの準備でもしちまうか？」

「そうしよう。今日は、いい魚も買えたんだぜ……って、ローさん。あれ、なんだ？」

「ん？」

おれはペンギンが指さした方に目を向ける。

窓の外、おれたちの畑のあたりから、黒い煙がモクモクと上がっている。

嫌な予感がする。

「お前ら！　見に行くぞ！」

おれたちは家の裏口を出て、畑の方に突っ走った。

そこには火を噴《ふ》きながら煙を上げる飛行機らしきものと、それから――

――全身を血塗れにして倒れている、ヴォルフの姿があった。

「じいさんっ!!」

すぐにヴォルフの元へ駆け寄り、状態を確認する。

出血がひどく、意識もない。

呼吸は浅く、脈拍も弱い。

相当に、危険な状態だ。

人間は、全身の血液のうち、三割ほどを失うと命の危険にさらされてしまう。……パッと見た限り、ヴォルフが流している血の量はそれに近い。

一刻の猶予《ゆうよ》もないのは明らかだった。

「じいさんはおれが運ぶ！ ベポ！ 湯を沸《わ》かしておいてくれ！ ペンギン！ じいさんを寝かせる手術台の用意を！ シャチ！ お前はおれの手術道具一式を出しておけ!!」

「「「りょ、了解っ!!」」」


「ローさん、道具は準備した！ 消毒も済ませてあるよ！」

ヴォルフをかついで家に入ると、リビングの真ん中にはもう手術台が用意されていた。

そこにじいさんを寝かせ、シャチから手術道具を受け取る。

「じいさんの怪我、どれくらいひどいんだ……？」

ベポが不安そうな声を上げる。

大したことねェよと言ってやりたいところだが、おれは何も答えられずにいた。

ひどい状態だ。

おそらく、畑に落ちていた飛行機に乗りこんでいたんだろう。

頭部の外傷はそれほどでもないが、全体の出血が多いし、何より——内臓がめちゃくちゃだ。

いくつかの臓器は落下した時の衝撃で破裂しているし、飛行機の破片が突き刺さった痕《あと》もある。

控えめに言って、まず助からないような大怪我だ。

「う……」

息を漏《も》らすように、じいさんが小さく声を出した。

「そこにいるのは、ローか……」

「とりあえず今は喋るな。おとなしく眠ってろ」

「なんじゃ、ワシは怪我をしとるのか……ああ……お前らの遊び道具になるかと思って、電動飛行機の実験をやってたんだがな……突風にあおられて墜落《ついらく》してしまった……まったく、これでは天才の名がすたるわい……」

「静かにしてろ！　話ならあとでいくらでも聞いてやるから！」

「ローさん、どうする!?　急いで町に行って医者を呼んでこようか……？」

「だめだ、ペンギン。町へは片道で一時間近くかかる。そんな余裕はねェよ」

「じゃあ、どうしたら……」

「おれがやる」

「ローさん……」

「おれが、オペをやるよ」

できるだけ力強く、おれは宣言した。

……怪我をしている箇所《かしょ》を確認していく。クソッ、どんどん出血してくるから、内臓のどこが傷ついてるのか、まともに診《み》るのも難しい状態だ。

「シャチ！　ペンギン！　とにかく輸血が必要だ！　お前らの血、もらうぞ！」

「おう！」

「分かった！」

おれは手早く輸血の準備をして、シャチとペンギンの血をヴォルフの体内に送りこむが、こんなのは応急処置にもならない。急いで傷口を縫合しなきゃ、出血性のショックでじいさんはあっという間にお陀仏《だぶつ》だ。

……けど、どこがどんな風に傷ついてるのか、おれの目じゃ判断できない。

それに、全部の傷口が把握《はあく》できたとしても、おそらく手術のスピードが間に合わない。

ドクンと。

心臓が大きく脈打った。

胸が締《し》めつけられるように苦しい。
おっかなくて、手と足が震えている。
ペンギンとシャチを助けた時は、命を救うだけならそれほど難しい手術じゃなかった。
だけど、今回は違う。
とんでもなく高度な分析力と技術が必要になる。
おれに、できるのか。
こえェ。
こんなのは初めてだ。
おれの行動で、人の生き死にが決まる。
そのことを思うと、眩暈《めまい》がして、よろけてしまいそうになる。
どうすればいい。
考えろ。
考えろ。
呼吸が乱れる。
汗が噴き出てくる。
どんどん考えがまとまらなくなってくる。
駄目だ、このままじゃ、死んじまう、ヴォルフが、どうしたら――

——その時、左手が強く握られた。

振り向けば、ペンギンとシャチとベポが、涙をこらえながらおれの左手に自分たちの両手を重ねている。

「ごめん、ローさん……おれたちは今、なんも役に立てねェ……あんたに全部任せることしか、できねェ……でも、ローさんならだいじょうぶだ！　おれとペンギンを助けてくれたあんたなら、だいじょうぶだ！　……無責任なことしか言えなくて、ごめんよ……けど、頼むよローさん！　じいさんを！　助けでやってぐれよ‼」

そのシャチの声を聴いて、焦《あせ》りはどこかに吹っ飛んでくれた。

左手に、みんなの熱が伝わってくる。

それは、ヴォルフを助けたいという想《おも》いそのものだ。

……そうだ。

初めから、迷うことなんか何もなかったんじゃねェか。

他に選択肢《せんたくし》はないんだ。

失敗した時のことなんか考えても、なんの意味もない。

おれは、今おれにできる全力で、じいさんのオペにとりかかるだけだ。

もう、手足は震えていない。

「だいじょうぶだ。お前ら、離れてろ。……おれを信じて、見てろ」

左手から、ベポたちの手の感触が消える。

それに合わせ、おれは大きく深呼吸をして――

「〝ROOM《ルーム》〟」

――能力を、展開した。

ドーム状の膜が、部屋一帯をつつみこむ。

「え、なんだなんだ⁉」

「これ、おれたちがローさんと最初に会った時の……」

「そうだ、おれを助けてくれた時のやつだよ！」

ペンギンとシャチとベポが、驚きの声を上げる。

けど、説明はあとだ。

「ロー、お前、この力は……」

「黙ってろガラクタ屋！　絶対に……絶対に助けてやる！」

じいさんに麻酔を打って眠らせてから、〝ROOM〟の中でおれは意識を集中した。

「〝スキャン〟……！」

見える。

内臓のどこが傷ついているのか、手に取るように分かる。

腸が破れている。

胃が破裂している。
肝臓に金属が刺さっている。
すべて、見える……！
「〝タクト〟!!」
おれが叫ぶと同時に、手術台の脇に置いてあった五本のメスが宙を舞った。
加えて、おれも右手にメスを握る。
「いくぜ……！」
手にしたものと合わせて六本のメスで、ヴォルフのオペを進めていく。
おれのイメージ通りに、道具が動いてくれる。
縫合のための針と糸も、鉗子《かんし》も、開創器《かいそうき》も。
この〝ＲＯＯＭ〟の中では、自由自在に操《あやつ》れる。
これなら……！
メスで肝臓を切りながら、
同時に胃の傷を縫合し、
脚《あし》の大動脈を止血し、
肺に刺さった肋骨《ろっこつ》を取り除き、
あちこちから噴き出てくる血を拭《ふ》き取《と》り、

輸血の状態を確認し、
ぼろぼろの腎臓《じんぞう》を元の形に戻す。
よし……いい感じだ。
出血はおさまってきたし、呼吸もちゃんとしてる。
いける、いけるぞ……！
けど、そう思った途端。
「うああああっ！」
急激な頭痛に襲われた。
尋常な痛みじゃない。頭の内側から、カナヅチで骨を殴られてるような激痛だ。
練習してたとはいえ、急に能力を全開で使ったことの代償か……！
まずい。
意識が飛びそうだ。
足に力が入らねェ……！
おれはメスを手にしたまま、床に膝をついた。
「「ローさん！」」
「問題……ねェ。心配、するな」
そうだ。

こいつらが心配することなんか何もない。

こいつらに不安そうな顔をさせる原因なんて、すべて取っ払ってやる。

〝ROOM〟は解かない。

〝タクト〟の能力も解除しない。

ギブ&テイクとヴォルフは言った。

何か見返りがなければ、自分も何もしないというのが、じいさんの信条らしい。

けど、そんなことは関係ない。

おれはただ、自分の胸のうちに湧いた衝動にしたがうだけ。

死にかけている患者が、これまで面倒を見てくれたじいさんが、目の前にいる。

だったら、全力でそれを治すだけだ。

医者として、立ち続けるだけのことだ!!

見返りも報酬もいらない。

ヴォルフを死なせたくない、その想いだけで、身体は十分に動いてくれる。

助かってくれ。

ふらふらの頭でおれは祈った。

神様なんてやつがいるのかどうかは知らないが、もしいるのなら、今だけは自分の味方をしてくれと、心の底から祈った。

もうこれ以上、大事な人間に死なれるのはごめんなんだよ……!!

倒れるな。

ふらつくな。

あと少しだ。

「死ぬんじゃねェぞ……ガラクタ屋ぁ!!」

傷口の処置はほとんど終わっている。

あとは腹を縫い合わせるだけ。

力の入らなくなった手で、糸を通した針を持ち、切った腹を縫い合わせる。

手足や胸の血も、完璧《かんぺき》に止めた。

――手術、完了だ。

「……っと」

やべェ。右膝から急に力が抜けて、おれは後ろへ倒れそうになる。

けど、それを仲間たちが支えてくれた。

「ローさん!」

「平気だ。オペが終わって、ちょっとフラついただけだ」

「じいさん、助かるんだよな!?」

「……分からねェ。手術は、ほぼ完璧だった。けど、そもそもの出血が多すぎた。あとは、じいさんの生命力に賭《か》けるしかない」

おれたちは椅子《いす》を四つ並べて、じいさんのすぐ横に座った。

眠るわけにはいかない。

いつ容体が急変するか、分からないんだ。

不意に、横を見る。

ベポも、シャチも、ペンギンも、疲れているだろうにそんな素振りは少しも見せず、ただヴォルフの顔を真剣に見つめている。誰ひとりとして、泣き言を言ったりはしない。

……なかなか、よくできた子分たちだ。

三時間、四時間、五時間……時間だけが経過していく。

普段だったら、全員とっくに寝てるはずの時間だが、誰も眠そうな様子すら見せない。

「ローさん、ちょっと休んだ方がいいんじゃないか？　おれたちがちゃんと見てるし、何かあったらすぐに起こすよ」、とベポが言う。

「馬鹿言うな……子分に丸投げして、親分がぐーすか寝るなんてこと、できるわけねェだろうが」

それ以上は、誰も言葉を発さなかった。

けど、不思議と、全員がきっと同じことを考えてるんだろうって確信だけがあった。

助かれ。

助かれ。

助かれ。

——手術を始めてから、十二時間が経った。

窓からは陽《ひ》が差しこみ、鳥の声も聴こえてくる。

朝が来たんだ。

カーテンの隙間《すきま》から漏れてきた光が、ヴォルフの顔を照らした。

それに合わせるようにして——

「んあ……朝か……」

——じいさんが、目を覚ました。

おれたちは、思わず顔を見合わせた。

「生きてる……?」

「喋った……?」

「助かった……?」

シャチたちが、疲れきった声で、小さくつぶやいた。

「「「うおおおおおおおおお!!」」」

四人の雄叫《おたけ》びが重なった。

思わず、おれまで全力で叫んでしまった。

「やった！　さすがローさんだぜ!!　じいさんが生き返ったあっ！」

満面の笑《え》みでペンギンが吼《ほ》えた。

いや、そもそも死んでたわけじゃねェんだけどな。

「なんじゃ……天国に来たかと思ったら、見慣れたガキどもがわめいとる……ワシは、生きとるのか」

「ふん。大したしぶとさだぜ。葬式の準備をするつもりでいたんだけどな」

「ロー……お前が助けてくれたんじゃな」

「おれだけの手柄《てがら》じゃねェよ。ベポも、シャチも、ペンギンも。全員、協力してくれた。……ひとりでもいなかったら、おれはオペを成功させられなかっただろうよ」

「……そうか」

少し喋ると、すぐにヴォルフはもう一度眠りに入った。体力がとんでもなく低下してるんだから当たり前のことだ。念のため、脈拍や縫合の状態を確認してみたけれど、問題は見当たらない。

——人の命を、救えたんだ。

味わったことのない充足感が、おれの全身を満たしていた。

ヴォルフが目を覚ましてからすぐに、ペンギンが町へ行って診療所の先生を呼んできてくれた。運びこんだ機械を使って、ヴォルフの状態を診てもらう。

「体内の出血はない。脈拍も問題ない。あとは、合併症に注意するくらいだ。……ローくん、この処置はきみがやったんだね？」

「ああ」

「完璧なオペだ。前々から知ってはいたことだが、とんでもない才能だな」

「……そりゃ、どうも」

なんだか気恥ずかしい。

そもそもおれは、人に褒《ほ》められるってことにあまり慣れてないみたいだ。

ヴォルフが全快するまで、二か月程度は必要だというのが先生の見立てだった。

本当だったらずっと家にいて様子を見ていたいところだが、そういうわけにもいかない。

先生は仕事を休んでもいいと言ってくれたけど、おれは一週間ほど経過を観察してからは、診療所での手伝いを再開することにした。

とはいえ、全員が家を空けるのもまずいので、おれたちは仕事の日程を調節して、誰かひとりはヴォルフに付き添っておくことに決めた。

「ワシはもう治ったんじゃ！　お前らは何も気にせず働いておれ！」

予想通り、ヴォルフは文句を言ってきたが、そんなもんは無視だ。

ショック症状が起きた時に誰も近くにいないってんじゃ、笑いごとにもならない。

じいさんの看病をしながら、おれたちは日常をきっちりとこなしていった。


「お、ヴォルフさんとこの坊主《ぼうず》じゃねえか」

「なんだ、イレズミ屋か」

じいさんのオペからしばらく経ったある日、町を歩いているとタトゥーショップを経営している男に話しかけられた。

「聞いたぜ。ヴォルフさん、大怪我したんだろ？　状態はどうなんだ？」

「今んところ、何も問題ねェよ。まだ立ち上がったりはできないけど、毎日勢いよくメシ食ってる」

「そうか……よかった。診療所の先生の話だと、お前が手術をやったんだろ？　大したもんだ」

「別に……町まで運ぶ時間がなかったから、仕方なくやっただけだ」

「ははっ！　照れんな照れんな！」

そんな会話をしているうちに、ふと思い立った。

「なあ、イレズミ屋」

「お、なんだ？」

「今からおれにタトゥー入れてもらうことって、できるか？」

「おう、いいぜ。でも、ヴォルフさんの許可とかはいらないのか？」

「ん……まあ、だいじょうぶだろ」

実のところ、おれは昔からタトゥーってやつに、ちょっとした憧れを持っていた。

自分に何かを刻みこむって行為が、なんとなくカッコいいものに思えた。

「よしっ！　それなら気合い入れて、イカしたタトゥーを彫ってやるぜ」

そのままおれは白と黒でデザインされた店内に入り、高そうな椅子に座らされた。

「どんなやつがいい？　デザインも入れる場所も、お前が決めていいぜ」

色鮮やかな花とか、カッコいい剣や銃とか、思いつくデザインはいくらでもあった。

けど、おれはそのどれも選ばなかった。

代わりに――

「両手の指に、『ＤＥＡＴＨ』って文字を彫ってくれ。一本に一文字ずつ」

――迷うことなく、そう告げた。

「『ＤＥＡＴＨ』ぅ⁉　いいのかそんなんで？　そもそもお前、医者が『ＤＥＡＴＨ』なんてタトゥー彫ってどうすんだよ」

「逆だ。医者だから、その文字を彫るんだ」

「んん〜〜〜？　まあ、よく分からんが、いいだろ」

イレズミ屋は楽しそうに、おれの手に針を刺し、色を入れていく。

チクチクと痛かったが、余裕で我慢できる範囲だ。
D、E、A、T、H。
両手のそれぞれの指に文字が彫られた。

「いよっし！　完成だ！　どうだ？」

「気に入った。ありがとな」

「いいってことよ。じゃあ、ヴォルフのじいさんによろしくな！」

店を出てから、自分の手をじっと見つめてみる。

「死」を意味する言葉、「DEATH」。

何も、深い考えがあってこの文字を選んだわけじゃない。

ただおれは、医者として、いつでも「死」をそばに感じていたかった。

人を生かすために、
大切に想えるやつを生かすために、
自分がいろんな人間の「死」に近いところにいるんだってことを、いつでも覚えておきたかった。

ああ、なかなか、悪くないデザインだ。

家に帰ると、すぐにおれはペンギンたちにタトゥーのことを自慢した。

「カッケェ!」

「すげェ!」

「イケてる!」

大好評だった。

「入れる時って痛いのか?」、とシャチが尋ねてくる。

「ああ。めちゃくちゃ痛いな。ちょっとお前らじゃ、我慢できないと思うぜ」

話を大げさに盛ってしまったが、深く考えないことにした。

その後、じいさんのところに食事を持っていった時にタトゥーのことを話そうか迷ったが、また怒鳴《どな》られる気がしたから、黙っておいた。

もうほとんど全快してる状態でガミガミ言われたんじゃ、たまったもんじゃない。

夜になって、なかなか寝つけなかったおれは、リビングのソファーへ横になって、ひとり本を読んでいた。

そこへ、ヴォルフがいきなり現れた。

「じいさん。もう立って大丈夫なのか？　まだ手術から一か月だぞ」

「ふん、ワシを甘く見るんじゃないわい。かつては鍛えに鍛えたこの身体。一か月もあれば、完治《かんち》するわい」

「そうか……とりあえず、よかった」

これで本当に、じいさんを助けることができたんだと分かり、おれは胸を撫で下ろした。

「ところでロー、話がある」

「は、話っ⁉」

やべェ。ロクな予感がしねェ。

「なんだよガラクタ屋……もしかして、タトゥーのこと、気づいてたのか……？」

「タトゥー？　ああ、その指に入れた刺青《いれずみ》のことか。最近はずいぶんシャレた言い方をするもんじゃな。まあ、そんなことはどうでもいいわい。刺青を入れるかどうかなんて、本人の自由じゃ。ワシが文句を言うようなことではなかろう」

「そ、そうか……」

「それよりも、こっちに座れ」

ヴォルフは神妙な顔つきで椅子を引いた。

おれはそこに座り、テーブルをはさんでじいさんと向き合った。

「ロー、単刀直入に訊くぞ。このあいだ、ワシに手術をした際に使った能力……あれは、

〝オペオペの実〟の能力じゃな？」

「なっ⁉　……どうして、あんたがそんなこと知ってるんだよ」

おれはこれまで一度も、ヴォルフに〝オペオペの実〟の話はしていない。

能力の練習をする時だって、周りに誰もいないことをちゃんと確認してる。

「ふん、老人を舐《な》めるんじゃないわい。……ワシはな、若い頃は船に乗って世界中を旅しておった。そうすると、嫌でもいろんな情報が入ってくる。一時期は、悪魔の実に興味を持ってたくさんの文献を調べたこともある」

「マジかよ……」

ただ者じゃねェじいさんだとは思っていたが、世界中を回ってた時期があるのか。

「お前、〝オペオペの実〟の真の能力については、知っておるのか？」

「真の能力？」

なんのことだ？　おれが知ってるのは、「奇跡的な手術で、未知の病気でも治せる」能力が手に入るってことくらいだ。

「その顔だと、分かっておらんようじゃな」

「だから、何をだよ」

「……〝オペオペの実〟は、『究極の悪魔の実』と呼ばれておる。それは、手術や治療に使えるからという話ではない。〝オペオペの実〟の能力を極《きわ》めた者は、人に永遠の命を与える『不老手術』を行うことすら可能になるんじゃ」

「『不老手術』……そんなの、初めて聞いた」

「夢のような能力に思えるかもしれんが、巨大なリスクもある。その手術を行えば、能力者当人は命を失うことになる。自《みずか》らの命と引き換えに行う、一度きりの奇跡というわけじゃ」

「自分の命を、失う手術……」

「その実を欲しがる人間はあとを絶たないし、食べた人間をどうにか利用しようとするやつも大勢おるはずじゃ。だからロー、お前はこの実を食ったということを、絶対にこの先『他人』に話すな。お前を捕えて、『不老手術』をさせようと企《たくら》む人間が、必ず現れる。それほどまでに、〃オペオペの実〃は人を惑《まど》わせ、惹《ひ》きつけるものなんじゃよ」

……ヴォルフの話を聞いて、合点《がてん》がいった。

《〃オペオペの実〃を食っちまったんなら……おれの為《ため》に死ねるよう教育する必要もあるな!!!》

コラさんに守られていた時に聴いた、ドフラミンゴの言葉がよみがえってくる。

あいつはおれに、「不老手術」をさせようとしていたんだ。

……おれの死と引き換えに、永遠の命を得ようとしていたんだ。

だからこそ、コラさんも——

「前に、世話になった人に言われたことがあるんだ」

「うん？」

「〝オペオペの実〟を食えば、海賊も海軍も政府も、みんな敵に回すことになるって。ただ生きるだけでも覚悟しろって。あれは……そういう意味だったんだな」

「……これから先、お前は普通に暮らすだけでも、慎重《しんちょう》にならなければいかん。その実の能力は、人を狂わせる。永遠の命を求める人間たちの欲望が、お前を襲うことになる」

「そうか……」

おれは悔しかった。

今更《いまさら》のようにドフラミンゴが〝オペオペの実〟に執着していた理由に気づいても、もうコラさんを助けることはできない。

こんな、こんな能力がなければ……!!

「そんなに、暗い顔をするな」

テーブルに載《の》せていたおれの手に、ヴォルフの手が重ねられた。

「ワシは何も、〝オペオペの実〟の能力を否定しているわけじゃない。ワシが昔漁《あさ》った文献には、〝オペオペの実〟の能力者がどれだけ多くの人の命を救ったかが書かれておった。他のやり方ではどうしても治せない病、どうしても救えない命。それらを解決できるという意味で、お前の能力は素晴らしいものじゃ」

「だけど、いろんな人に迷惑をかけるかもしれないってこともたしかだろ……」

「ふんっ！　そんなみみっちい話はどうでもいい！　お前は、普通だったら死んでしまうはずの患者でも治してしまえる力を持っておる。瀕死《ひんし》だったワシがこうしてピンピンしとるのがよい例じゃ。……それが、悪い力であるはずがない。いいか、ロー。お前がこの先も医者であり続けるならば、こんなありがたい能力を活かさない手はない。問題は、心じゃ。欲にとらわれただけの人間がこの実を得れば、それはロクでもない結果を引き起こすじゃろう。けれど、誰かを助けたいという強い気持ちを持つ人間が能力者となれば、まったく意味は違ってくる。……あらゆる『力』がそうじゃ。それを手にした人間の在《あ》り方次《し》第《だい》で、善にも悪にもなる。そして、ワシの知るトラファルガー・ローは、持っている『力』を善《よ》い方向に導《みちび》ける人間だと、そう信じておるよ」

再び、ヴォルフがおれの目を見つめた。

何かを試しているような目つきだ。

だから、おれも、泣きそうになるのをこらえながら言い返した。

「当たり前だ。『不老手術』なんかどうでもいい。おれは最高の医者になる。そのために、能力を使うだけだ」

そう、言いきった。

心なしか、その返答にガラクタ屋は満足しているような気がした。

「話はそれだけか？　おれはもう部屋に戻るぞ。さすがに眠《ねみ》ぃ」

区切りもいいし、ここで解散になるだろうと思った。

けれど、ヴォルフはどこか動揺した感じでこちらを引き留めにくる。

「ああー、待て待て！　いや、その、本題はそれじゃない」

「あん？　まだなんかあるのかよ」

ヴォルフはなかなか言葉を続けない。

居心地が悪そうに、ぽりぽりと頭を掻いている。

その後で、ギッとおれの目を睨みつけ、言葉を紡《つむ》いだ。

「お前、何か欲しい物はないか？」

「急に何言ってんだ？」

「いや、物じゃなくてもいい。見たい何かでも、旅行したい場所でも、ワシに叶《かな》えられることならなんでもいい」

「いきなりどうした、ガラクタ屋。別に、そんなもんねェよ。おれは今の暮らしが気に入ってるし、これといって欲しい物なんてのも別にない。あ、そうだ。明日、町の魚屋に珍しい魚が入るって聞いたからよ、晩メシにそれ焼いて出してくれれば……」

「そういうことではない！」

ヴォルフは、真面目な顔でテーブルを叩いた。

「ロー、ワシはお前に〝命〟をもらったんじゃ！　ならば、それに見合うものを返さねばならん！　ギブ&テイクじゃ。じゃが、〝命〟に見合うものなんぞ、ワシには思いつかん。だからお前が望むもの、望むことがあれば、なんだってするつもりじゃ。それこそ、一生奴隷《どれい》になれと言われても文句なんぞ……」

「ふざけんなよ、ジジイ!!」

今度は、おれが怒鳴る番だった。

「見返りが欲しくて助けたわけじゃねェ!!　おれだけじゃない、ベポもペンギンもシャチだってそうだ。……あんたがどういう信念を持って生きようが、それはあんたの自由だ。だけどあいつらは……あんたが助かったことが嬉しくて泣いてた……それで十分だ！　それで満足なんだ！　あいつらの涙を侮辱《ぶじょく》することは、おれが許さねェっ!!」

ヴォルフは眉間《みけん》にしわを寄せ、押し黙った。

しばらくのあいだ、静寂《せいじゃく》がその場をつつんだ。

「……そう、じゃな」

先に口を開いたのはヴォルフだった。

「さっきの発言は取り消させてくれ。無礼なことを言った。すまん」

「……分かればいい」

「お前は、いや、お前たちは、他の人間のために無償で行動できるんじゃな」

「シャチもペンギンもベポも、そんな面倒くせェこと、いちいち考えちゃいねェよ。ただ、あいつらは自分を拾ってくれたあんたに感謝してる。だったら、あんたを助けるために必死にもなるだろうさ」

「お前もか？」

「……っ！　お、おれはその……医者の端《はし》くれとして、死にかけてるやつがいたから助けたってだけだ……た、単なる気まぐれみてェなもんだ！」

「くっくっくっ。まあ、いいわい。ともあれ、命を救われたことは事実。ならば、何も礼をしないというわけにもいかん」

「だから、別にいいって……」

「ええい！　最後まで話を聞けいっ!!　つ、つまりじゃな……物とか金を渡すのは、お前たちに失礼なわけで……そうなると別の形で礼をする必要があるということに……」

「なんだよ、まどろっこしいな！　とっとと結論を言えよ！」

「友達になってやるわいっ!!!」

「……は？」

予想外の台詞に、おれの頭は真っ白になった。

待て待て。

今じいさん、友達って言ったか？

いや、おれも眠いし、聴き間違えたんだろう。

「悪《わり》ぃ、ガラクタ屋。疲れてて単語を聴き取れなかったみてェだ。もう一回頼む」

「何度も言わせるな！　この天才発明家ヴォルフ様が！　お前たちの友達になってやると言っておるんじゃ！　こ、光栄に思えっ‼」

……なんだそりゃ。

なんだよ、そりゃ。

「ハッ……ハハハハハッ‼」

「な、何がおかしいっ！」

「なんでもねェよ。いいぜ、ガラクタ屋。たしかに礼は受け取った。今日から、おれらとあんたは友達だっ‼」

「ふん……」

ヴォルフはゆでたタコみたいに、顔を真っ赤にして腕を組んでいる。

笑えるぜ。

本当に、笑える。

友達。

ありふれた言葉だ。

そんなにムキになって使うようなもんじゃないはずだ。

けど一緒に暮らしてきて、おれはヴォルフという人間がどんなやつなのか、それなりに理解してるつもりだ。

友達ってのは、ギブ&テイクの外側にある関係だ。

そこには損も得もない。

ただ、相手のことを大切に想う気持ちだけで、友達ってのは成り立つもんだ。

だからこそ、いつもギブ&テイクを信条にしてきたヴォルフがその言葉を口にするのには、ものすごい覚悟と勇気が必要だったんだってことが、分かってしまう。

——だったら、おれもじいさんの覚悟に付き合わなきゃ、カッコつかないじゃねェか。

「よし、じゃあガラクタ屋。さっそくおれのために夜食を作ってくれ」

「それは手下に対する扱いじゃろっ!」

おれたちは互いに顔を見合わせて、笑い合った。

その声につられて、ベポたちも起きてしまったのか、階段を下りてくる音が聴こえる。

「ガラクタ屋」

「ん?」

「あいつらは、『他人』じゃねェよな」

「……ふん、当たり前じゃろう」

「じゃ、ちょっと〝オペオペの実〟のことでも話しとくかな」

他人でもない、家族でもない、友達というあいまいな関係。
けどそれは、おれにとって、なかなか居心地のいいものであるらしい。
宴《うたげ》のような日々は、これからも続いていくだろう。

——そうして、三年の月日が流れた。

# 第三話

ONE PIECE
novel LAW

# Chapter 3

子どもの泣き声。
人々の悲鳴。
燃える町。
かつて慕《した》った両親、妹のラミ。
おれの家族。
誰も救えず、何も守れず。
すべてが業火《ごうか》の中に消えていく。
おれは町の中を駆ける。
誰かを助けようと、ひとりでも助けたいと。
けれど願いは叶《かな》わない。
灰となった世界だけがおれの前に残される。
黒く焦《こ》げたたくさんの死体が、足元に転がっている。

——そんな夢を見た。

飛び起きると、寝間着《ねまき》の中にびっしょりと汗を掻《か》いている。

呼吸も乱れていて、一瞬、これが現実なのか、それとも悪い夢の続きなのか分からなくなる。

「ローさん……」

すぐ横で寝ていたベポが心配そうに声をかけてくる。

「悪《わり》ぃな。起こしちまったか」

「いいよ。飲み物、取ってくるな」

「ああ、助かる」

……この数日、まともに眠った日はほとんどない。

なかなか寝つけないし、ようやく眠れたと思えば、悪夢にうなされ目を覚ます。そんな日々が続いていた。

原因ははっきりしている。五日前の新聞で、大々的に報じられた記事のせいだ。

――ドレスローザについての、一面記事。

**《ドレスローザに新たなる王が誕生！　その名はドフラミンゴ!!》**

その見出しだけで、眩暈《めまい》がした。

すべての点が一本の線として、繋《つな》がるような感覚があった。

おれがファミリーにいた頃から、ドフラミンゴはずっとこれを狙っていたんだ。

記事はこんな風に続いていた。

**《ドレスローザは「平和の象徴」と呼ばれる国だったが、先日、王が乱心し国民たちを虐《ぎゃく》殺《さつ》した。それを海賊ドフラミンゴが止め、新しい王として君臨した結果、今は落ち着きを取り戻している……》**

――すべて、仕組まれていた。

明確な根拠はないが、おれは直感的にそう思った。

おそらくは王の乱心というのも、ドフラミンゴが裏で何かしら手を回した結果として起きたことのはずだ。

そして同時に、分かってしまった。

――コラさんは、これを防ごうとして、おれに文書を託したんだ。

そこに記《しる》された内容が、ドレスローザという国を救うことになると信じて。

……やりきれない気持ちになる。

おれが声をかけた海兵が、ドフラミンゴの仲間じゃなかったら。

もっと早く、おれがコラさんの考えを知っていれば。

いや、そもそも、おれがコラさんと出会っていなければ。

いくつもの「ｉｆ」が、頭の中を駆け巡る。

こんな考え方をしたところで、コラさんが喜ばないってことくらい分かってる。

でも。

それでも。

自分の無力を、嘆《なげ》かずにはいられなかった。

コラさんと別れ、ヴォルフのじいさんに拾われてから三年が経《た》った。

身長は一九〇センチ近くまで伸び、体つきもだいぶガッシリしてきた。

医学の知識も増えたし、町の診療所では多くの患者を治した。

身体《からだ》も鍛《きた》え続けてきたし、戦いの訓練も毎日こなしてきた。

〝オペオペの実〟の能力も、前よりずっと使いこなせるようになった。

なのに、おれは今でもガキのままだ。

コラさんの本懐《ほんかい》を知っても、何をすればいいか分からずにいる未熟な子どものままだ。

ここでの暮らしは、おれにとってとっくに、守るべき大切なものになっている。

ベポもペンギンもシャチも、ヴォルフのじいさんも、おれは仲間だと思っている。このまま、五人で楽しく暮らしていくことだってできるはずだ。

けど、それでは駄目だと、心の内側から叫びが聴こえてくる。

コラさんの――恩人の無念から目を逸《そ》らして、本当に幸せな生活など送れるはずがないんだ。あの人が、最後の最後に、ドフラミンゴに言った台詞《せりふ》を覚えている。

〝もう放っといてやれ!!! あいつは自由だ!!!〟

コラさんは小さな子どもだったおれを、いろんなしがらみから解放したいと、そう願ってくれたんだろう。

だとしても、おれは素直《すなお》にそれを聞き入れることができない。自由に、気楽に、仲間と生きていくだけじゃ、あの人に対して申《もう》し訳《わけ》が立たない。

コラさんがそれを願っていようといなかろうと、おれは、あの人に対して責任がある。あの人が守ろうとしたものに、責任を負っているはずなんだ。

どうすればいい。

どうすれば、ドフラミンゴへの憎しみを消すことができる？

どうすれば、コラさんの愛に報《むく》いることができる？

どうすれば、おれは本当の自由を知ることができる？


「ローさん。あったかいお茶、持ってきた。じいさんが栽培してるハーブのお茶だよ。心を落ち着かせる効果があるんだって」

「そうか。ありがとな、ベポ。助かる」

「いいよ、そんなの。……最近、うなされること、多いね」

「そうだな。ペンギンとシャチにも、心配かけちまってる」

「それは、話したくないこと？」

ベポが真剣なまなざしで尋《たず》ねてくる。

「ああ。今はまだ、自分の中でも整理がついてないんだ。悪《わり》ぃな」

「いいんだ。でも、話したくなったら、いつでも言ってくれよな」

「もちろんだ」

おれたちはそれぞれの布団《ふとん》に戻り、それぞれの眠りにつこうとする。

「なあ、ベポ」

「ん？」

「お前、今、やりたいことってあるか？」

「うーん……あ！　今度、みんなが休みの日に魚釣《さかなつ》りに行きたいな！　釣った魚をその場で焼いて食べるんだ」

「そうじゃねェよ。おれも焼き魚は食いたいけど、そういう話じゃなくて……なんつーか、本気でやってみたいことはあるのかって、そういう意味だよ」

「んー……」

ベポはあごに手を当てて唸《うな》った。おれが本気で訊《き》いていると分かり、こいつなりに真剣に考えてくれているんだろう。

「やっぱり、兄ちゃんに会いたいな」

沈黙をはさんで、ベポはそう口にした。

「今、みんなで暮らしてですごく楽しいけど、たまに兄ちゃんのこと思い出すんだ。元気にしてるのかなとか、酷《ひど》い目に遭《あ》わされてないかなとか。おれ、ここに来てからずっと航海術の勉強は続けてた。ヘタクソだけど、海図も描けるようになった。だから、いつかはちゃんと兄ちゃんを探しに行きたいって、そう思ってるよ」

「そうか」

いつか、か。

「妙なこと訊いて悪かったな。寝ようぜ」

「うん、おやすみ」

ぼんやりと思う。

ベポと同じように、おれも「いつか」はドレスローザに行ってみたいと。そこで何をするのかは分からないけど、足を踏み入れないわけにはいかないと。

でも、「いつか」って言葉を使ってる限り、その日は永遠に訪れないんじゃないかって、そんな気がする。

……考えこんでも仕方ない。今度こそ、本当に寝よう。

未来の話を考えるのもいいが、おれには、今ここで守るべき日常がある。守るべき世界がある。

それは、絶対に忘れちゃいけないことだろうと、強く思った。


翌朝、おれは快調に目覚めることができた。ベポが淹《い》れてくれた茶のおかげか、二度目の悪夢を見ることもなく、ぐっすりと眠った。昨日《きのう》までに比べれば、少しは頭の中も整理できたのか、妙にスッキリとしている。これなら、どうにか仕事もこなせそうだ。

「おう。今日はだいぶ顔色もいいようじゃな」

ガラクタ屋が、カッカッカと笑いながら声をかけてくる。

「なんだよ、じいさん。そんなに、最近のおれは調子悪く見えてたか」

「アホウ。当たり前じゃろうが。このところ、ずっと険《けわ》しい顔をしていたぞ」

「そうか。心配かけてたんなら、すまない」

「カァーッ！　らしくない台詞を吐《は》くな！　まだ、本調子というわけではなさそうじゃな」

「大丈夫だ。……ちょっとした悩み事があっただけだ。これ以上、暗い顔を見せるつもりはねェよ」

「ふん……それならいいわい。お前が調子を崩してると、他の連中まで暗くなってしまうからのう」

そう言ってヴォルフは、おれの頭をぽんと叩《たた》いて、食卓へ向かっていった。

ガラクタ屋は、こういう時に深入りしてこない。「何を悩んでるんだ」とか、「困ったことがあるなら話せ」なんて台詞を言うことはない。

けどおれは、それがガラクタ屋なりの優しさからくるものだってことをとっくに知っている。伊達《だて》に三年以上も一緒に暮らしているわけじゃない。

このじいさんは、おれのことを対等な人間として扱ってくれている。だからこそ、親が子どもの面倒を見るような形で踏みこんできたりはしない。一人前の人間として接し、適切な距離を保ってくれる。

その距離感はおれにとって、まぎれもなく心地いいものだった。

もしおれが、本当に切羽詰まった表情で助けを求めたら、ヴォルフは一も二もなく、全力で話を聞き、行動してくれるだろう。おれだけじゃなく、シャチやペンギンやベポに対しても同じだ。

そういうやつだ。

そういうやつだからこそ、照れくさいから言葉にはしないまでも、おれたちは尊敬し、慕い、一緒に笑い合うことができる。

食卓でヴォルフとたわいもない会話をしていると、すぐに他の三人も下りてくる。この三年間、ほぼ欠かしたことのない、全員が揃《そろ》っての朝食だ。

甘辛《あまから》く煮つけた魚を白いメシの上にのせて、勢いよく掻きこむ。美味《うま》い。食事当番は交代制になっているが、ペンギンとシャチはもともと才能があったのか、単純に料理が好きだったのか知らないが、日増しに腕を上げている。いつまで経っても上達しないおれにとってはありがたいことだ。

「ローさん、今日の魚はどうだ？」

「ああ、美味《うめ》ェよ。さすがだ」

「よっしゃ！」

シャチが嬉《うれ》しそうな声を上げる。つられておれも、他の連中も、笑《え》みをこぼしてしまう。

ああ、そうだ。

やっぱりここはおれにとって、かけがえのない場所なんだ。

そんなことを、改めて実感した。

昨日まで降っていた雪はとうに止《や》み、空は一面の快晴となっていた。おれたちはそれぞれ自転車に乗って、ガラクタ屋に見送られながら町へ向かう。

八百屋《やおや》と酒場のあいだの路地を抜け、町のど真ん中に建っている神殿を通り過ぎると、すぐに職場である診療所に着く。

一日の始まりだ。

おはようございます、と先生に丁寧《ていねい》にあいさつをしてから、おれは白衣に着替える。プレジャータウンは平和な町だが、ここにしか診療所がないのと、一年のうち四分の三は雪が降っている寒い土地なため、体調を崩す町民も多い。

おれはもともと外科が専門だったが、この三年、先生がいろいろと経験を積ませてくれたおかげで、大概《たいがい》の病気には対処できるようになった。風邪《かぜ》なんかはもちろん、ひとつ間違えば患者の命に関わる肺や心臓の病気も、自信を持って診《み》ることができる。

そうやって、自分の医者としての腕が上がっていくのを実感するのは、悪くない時間だった。

「今日もありがとうな、ロー!!」

左手の神経痛でやってきた魚屋のおっさんが、手を振りながら去っていく。

……もしも。

もしも珀鉛病《はくえんびょう》なんてものがなかったのなら、今頃おれは、両親やラミと一緒に、家族揃って病院を経営していたのかもしれない。

ふと、そんなまぶしい光景を思い描いた。

ああ、それはたしかに幸せな世界だ。

そして同時に、もう決して取り戻すことのできない世界だ。

おれは後ろを振り返るんじゃなく、前を向いて進んでいくしかないんだ。

友達がいてくれる喜びと、いくつもの迷いとを抱《かか》えながら。


夕方になってすべての患者を診終わったところで、あがっていいよと先生が言った。おれは白衣を脱ぎ、お疲れ様でしたとあいさつして病院をあとにする。

ふう、と大きなため息が出た。

やりがいもあるし、仕事を楽しんでもいるが、それでも一日中人を治し続けるというのはなかなかに疲れる。精のつくものが食いたいなと考えながら町を歩いていると、塩漬けにした魚が特売品になっているのを見つけ、すぐに購入した。じいさんやベポたちの驚く顔を想像すると、自然におれの表情もにやけてしまう。


——と、そこであたりの雰囲気がおかしいことに気がついた。

離れた場所から何人もの人が、逃げ出すように走ってくる。

怒声《どせい》や悲鳴らしきものも聴こえてくる。

ちょっとした喧嘩《けんか》、ってわけじゃなさそうだ。

おれは急ぎ足で、騒ぎの元になっている場所へ向かった。

「海賊だ！」と誰かが叫んだ。

人波を掻き分けて進むと、広場で三十人余りの見慣れない男たちが暴れていた。

「おらぁ！　酒と食い物を持ってこい!!」

「文句のあるやつはかかってきな！　おれたちに勝てる自信があるならなぁ!!」

その中のひとりが抱えている旗が目に入った。描かれているのは、ドクロが金貨をかじっているようなマーク。まぎれもなく、海賊である証《あかし》だ。

……どいつもこいつも、不愉快なツラをしてやがる。

連中は好き勝手に騒ぎ、暴れ、町の人たちに無茶な要求をしている。殴《なぐ》られた人の中には、おれの見知った顔もある。

それを見て、思わずおれは飛び出しそうになった。いつもにこにこ笑っている連中が暴力を振るわれていることが我慢できず、冷静さを失っていた。けど――

「ローさん！」

――服の袖《そで》を引いてくれた白クマの声で、すぐさま我に返ることができた。

後ろを見ると、ペンギンとベポとシャチが揃っていた。

「あれ、海賊だよな」、冷静な声でシャチが言う。

「海賊旗を見せびらかしてるからな、間違いねェよ」

「どうする？　被害がデカくなる前に、おれたちで取り押さえるか？」、シャチはいつでも飛びかかれるような構えをとっていた。

「いや、まだ様子《ようす》を見よう。相手は三十人程度……ほとんどはザコだが……奥にいる二人、あいつらはそうじゃねェ。間違いなく、強い」

そう、問題になる相手はおそらく二人。

ひとりは相撲取《すもうと》りのような恰好《かっこう》をした、二メートル超えの男だ。褐色《かっしょく》の肌《はだ》にまわしを締《し》め、髪はまげを結《ゆ》っている。全身にまとった脂肪《しぼう》の内側にはたっぷりと筋肉が蓄《たくわ》えられていて、相当な怪力の持ち主だろうってことが見ただけで分かる。

そしてもうひとり。本当にヤバいのはこいつの方だ。楕円《だえん》形の海賊帽子をかぶり、肩のあたりまで黒い髪を伸ばしたやさ男といった風貌《ふうぼう》だが、眼には狂気が宿《やど》っている。周《まわ》りで部下が暴れていても、我関せずといった調子で木箱に座ってくつろいでいるあたり、相当な余裕を感じる。おそらくはこいつが海賊団の船長。そして、海賊にとっての船長とは、すなわち最強を意味するものだ。

「ペンギン、お前の働いてる店に、電伝虫《でんでんむし》が置いてあったよな」

「ああ」

「一応、ガラクタ屋に連絡入れておいてくれ」

「分かった！」

ペンギンは一目散に、職場であるレストランに向かって走り出した。

さて、おれたちはどうするか。

ひとまずは、連中の目的を探らなくちゃならない。あいつらがたまたま見つけた町に寄ったたってだけで、多少の金と食い物を与えることで満足してくれるなら、下手《へた》に事を荒立てない方がいい。

そんなことを考えているうちに、駐在のラッドが駆けつけてきた。

「貴様ら！　このプレジャータウンで横暴を働くことは、この私が許さんぞ！」

「ああ～ん、ずいぶん勇気のあるやつがいるなあ……おお？　お前、ラッドじゃねえか！　ははっ！　懐かしい顔だ!!」

「アルトゥール・バッカ……何しにこの町へ戻ってきた」

「おお～う。そんな怖《こえ》ェ顔するなよラッド。おれは単に、懐かしい故郷の空気を吸いに来ただけさ。まあ、ちいっとばかり、部下が勝手に暴れちまったようだがなあ」

「そんな言いぐさを、私が信じると思うのか。二十年前、この町を火の海にしたお前の言葉など、私が鵜《う》呑《の》みにすると思うのかっ!!」

ラッドと海賊の船長らしき男——アルトゥール・バッカの会話の内容にはよく分からない部分もあったが、とりあえずやつがこの町を襲うのは初めてのことじゃないらしい。

なんにしても、まずいな。ラッドのおっさんは、融通《ゆうずう》の利《き》かない男だ。あの調子じゃ、ほんとにひとりで三十人を相手に立ち回りを演じかねない。手下の海賊たちは、すでにゆっくりとラッドの周りを囲み始めている。

……あいつには恩もある。見捨てるわけにはいかない。そう思って前に一歩踏み出そうとした途端、それまで動かなかったバッカが、唐突に立ち上がった。

「まあ待て、おめえら。下手に殺しちまったら、大事な大事な情報源を失うことになるかもしれねェ。ここはひとつ、穏《おだ》やかに話し合いといこうじゃねェか、ゲッパッパ！」

「りょ、了解です！　船長!!」、船員らしき男が怯《おび》えた声を上げた。

やっぱり、あいつが海賊団の親玉か。立ち上がると、一層迫力が増したように見える。

「ローさん」

戻ってきたペンギンが耳に口をそっと近づけて、ささやく。

「ヴォルフには連絡してきた。すぐに向かうって言ってたけど」

「この場で乱闘になる可能性もあるからな。ガラクタ屋がいてくれた方が、都合いいのはたしかだ」

実際のところ、ヴォルフの戦闘能力は高い。おれでさえ互角に戦えるようになったのはこの一年くらいの話で、ベポとペンギンとシャチは、格闘戦になればまだあのじいさんに及ばない。その意味で、ヴォルフが来てくれるというのは心強い。

けど、まだ連中が大規模な戦闘を起こすと決まったわけじゃない。

おれたちは黙って、ラッドと海賊のやり取りを見守る。

「バッカ、もう一度訊くぞ。お前たちの目的はなんだ」

ラッドは一歩も退《ひ》かず、堂々と口を開いた。

「ゲッパッパ！　目的かあ。そりゃあ、あんたの立場ならそれを知りたいよなあ」

バッカは、まったく怯《ひる》む様子もなく高らかに笑う。

「おれたちがこの島に来た目的は二つだ。ひとつは休息。このあいだ、おれたちは〝偉大《グランド》なる航路《ライン》〟に挑んだ。もちろん十分な準備をしてな。だが、あそこは予想よりも遥かに危険な場所だった……おれたちは〝偉大なる航路《グランドライン》〟の入り口で別の海賊と戦い、そして敗《やぶ》れた。クルーの数は半分になり、残った連中もだいぶダメージを負った。だから、その傷を癒《いや》すための拠点が必要ってわけさ」

「なるほどな。……バッカ。もし、お前たちが本当に休息を必要としていて、かつ町民に手を出さないと誓うのならば、宿の手配くらいはしよう。人々に手を出されるよりはよほどマシだからな」

「んん〜、そうもいかねェんだなぁ。二つ目の目的……こっちの方がおれたちにとってははるかに重要なことなのさ。なあ、ラッド。お前、『スワロー島の財宝伝説』ってのを、聞いたことがあるだろう？」

思わず、ごくりと唾《つば》を飲んだ。

前に、ペンギンがうわさ話として、おれたちに語った伝説のことだ。

「……聞いたこともないな」、ラッドは少し間《ま》を置いてから返答した。

「ゲッパッパ！　ラッド！　嘘《うそ》はよくねェなあ！　今お前はおれから目を逸らした！　隠し事があるっていう何よりの証明だぜ!!」

言い終わると同時に、バッカはあっという間に間合いを詰めて、ラッドの襟《えり》を掴《つか》み、そのまま持ち上げた。

「おれもよぉ……昔はおとぎ話みたいなもんだと思ってたのさ。そりゃそうだろう？　こんなチンケな島に、とんでもない財宝が隠されてるなんて話、まともに受け取るやつはいねェよ。だが、〝偉大なる航路《グランドライン》〟のそばにある島で、おれたちは見つけちまったのさ！　キャプテン・ラドガが残した手紙をなぁ!!」

……っ。

その名前は、おれでも聞いたことがある。

ドフラミンゴファミリーにいた時に何度か耳にした。〝偉大なる航路《グランドライン》〟の後半――〝新世界〟の奥地にまで足を踏み入れたという伝説の海賊だ。おとぎ話でもうわさでもなく、まぎれもなく実在した海賊の名前だ。

「キャプテン・ラドガの手紙にはこう書かれていた……《おれはじきに死ぬ。夢は果たせなかったが、〝新世界〟で多くの驚きに出会った。おれの財宝は、あの美しい景色の中……スワロー島に置いてある。運よく見つけたやつは、好きに使え》とな。初めは偽《にせ》の手紙なんじゃないかと疑いもしたさ。だが、筆跡や書かれた年代を調べた結果、その手紙は間違いなくキャプテン・ラドガ本人が記したものだった！　だからおれたちはここへ来た！　莫大《ばくだい》な財宝を手に入れ、海賊団をより強いものとし、もう一度あの〝偉大なる航路《グランドライン》〟へ挑むためにっ!!」

そう叫び、バッカは摑んでいたラッドの襟をねじる。苦悶《くもん》の表情を、ラッドは浮かべる。行くしかないか。おれは覚悟を決めるが――

「そこまでじゃあっ!!」

――威勢のいい、聞きなれたじいさんの声が場を鎮《しず》めた。

バッカの手が離れ、ラッドはそのまま地面に膝《ひざ》をついてむせる。

だが、状況が好転したわけじゃない。むしろ、悪化したとさえ言える。

「ガラクタ屋のやつ……なに考えてんだ」

いつまで経っても、血気盛んなじいさんだ。下手したら、いきなり攻撃されて、じいさんが殺されるってこともあり得る。

しかし、おれの予想に反して、バッカは動かなかった。

それどころか、先ほどまでの残忍な顔ではなく、幽霊でも見たかのように間の抜けた表情でヴォルフを見つめている。

「てめえ……まさか、親父《おやじ》か⁉」

「久しぶりじゃのう、バッカ」

二人の会話が理解できず、数秒間、おれは硬直した。

バッカはたしかに、ヴォルフのことを「親父」と呼んだ。

そしてヴォルフの方もそれを否定しない。

「ゲッパッパ！　何年ぶりだ……？　十年……いや、二十年あまりか。まだ生きているとは、夢にも思わなかったぜ」

「ふんっ。それはこっちの台詞じゃ。どこぞの海で、とうの昔にくたばっとると思っていたわい」

「久しぶりに会った息子に対して、かける言葉がそれか！　ひでェ父親だぜ‼」

「……二十年前にも伝えたはずじゃ。お前とは親子の縁を切るとな」

そう言った時のヴォルフの眼は、ぞっとするほど冷たいものだった。

「……てめえは、相変わらずだなあ。いつでもそうだ。おれのやることなすこと、全部にてめえはケチをつけていた」

「保護者として、歪《ゆが》んでいく息子を真っ当な道に戻そうとするのは、当然のことじゃ」

「歪んだ？　おれが？　ゲッパッパ！　おれは自分が歪んでいるなんて、一度も思ったことはねェよ。ただおれは、自分の欲望に正直に生きてきただけさ。その意味じゃあ、むしろ真《ま》っ直《す》ぐに育ちすぎたくらいだぜ！」

「お前とここで問答するつもりはない。ただワシは、町や村を襲撃し、食糧と金を奪い取り、そうして最後には皆殺しにするようなやり方に、我慢がならんだけじゃ」

「はんっ！　偉そうな口をきいてくれるなあ、親父。おれの海賊団の一味だった時！　あんたはおれを止められなかったじゃねェか！」

「……その通りじゃ。無能な親じゃよ、ワシは。説得もしたし殴り合いもしたが、結局愚《おろ》かな息子の考えを正すことはできなかった」

思わず、大きな声を出しそうになった。

今のやり取りは、どういう意味だ。

ヴォルフが……あのバッカとかいう海賊の仲間だったたっていうのか……？

ちらりと横を見る。

会話を聴いていたペンギンもシャチもベポも、動揺を隠せない様子だ。

「そうさ！　おれはおれの欲望を抑《おさ》えたりはしないっ‼　だからよお、親父ぃ。今、あんたがどうすべきかは分かるよなあ？　……この島にずっと住んでいるあんたなら、キャプテン・ラドガの財宝についての情報、握ってるんじゃねェのか？　それを出せ。そうしたら、かつての仲間に免じて、皆殺しだけは勘弁してやるよ」

「ふん。そんなものはもともと存在しないわ。それにな、仮にワシが財宝の在《あ》り処《か》を知っていたとして、お前に教えるような真似《まね》はせんよ」

「そいつぁ、おれに対する挑発のつもりか」

「約束が守られるとも思えんし、何より……お前はかつて、この町を焼き払った男じゃ！　そんな人間に与えるものなど、何ひとつない!!」

「なんだ、そんなことをまだ恨んでやがるのか」

「二十年前も、お前は〝偉大なる航路《グランドライン》〟に挑もうとした。そのためには大量の食糧や水、それに金が必要だった。それを集めるためにお前はこの町へ……故郷へ戻ってきて住民から略奪を行い、町を壊滅《かいめつ》させた！　ワシはお前のやり方を認められず一味を抜け、島の端で暮らすようになった……だが！　ワシの罪が消えたわけではない。息子であるお前の悪逆非道な振る舞いを、ワシは止められなかった……。だから今こそ！　ワシにはお前を止める責任があるんじゃ!!」

ヴォルフの力強い声があたりに響いた。

普段おれたちに説教をする時ともまるで違う、真に怒りと決意のこめられた言葉だった。

「親父ぃ……それは、おれの邪魔をするって意味だなぁ……？」

「ああ。もう二度と、お前にこの町は荒らさせんよ」

「ゲッパッパァ!!　だったら、あんたはおれの敵だ。かつての仲間だろうと、実《じつ》の父親だろうと関係ねェ。立ちはだかるやつは、誰であろうとすり潰《つぶ》す!!」

バッカが、手にしていた二本の巨大な棍棒《メイス》を天高くかかげた。

それに呼応するようにして、ヴォルフも懐《ふところ》から銃を取り出す。

「ベポ！ ペンギン！ シャチ！ おれたちも行くぞ!!」

「「「おうっ!!」」」

おれたちはヴォルフとバッカのいる場所目指して、一直線に駆け出した。

その前に、バッカの手下の海賊たちが群がってくる。

「なんだてめェらは！」、海賊が吼《ほ》える。

「黙れ」

おれは斬《き》りかかってくる相手の攻撃をかわし、延髄《えんずい》に手刀を入れて気絶させた。

「アイアーイ！」

「おいしょお！」

「どっこいしょお！」

ペンギンたちも体術を使って、敵を蹴散《けち》らしながら進んでいく。

この程度の連中なら、おれたちの相手じゃない。

……問題はバッカと、巨漢の相撲取りだ。

「こいつを喰《く》らえい！ 『ナンデモシトメールくん』、発射あっ!!」

ヴォルフが自分の発明品を使って、バッカに攻撃を放つのが見えた。

前に、家でも見せてもらった光線銃。

まともに当たれば、レンガの壁だって粉々にできるほどの威力がある。

だが、バッカはそれをあっさりとかわし、ヴォルフの背後に回りこんだ。

「衰えたなあ、親父……銃口の向きも、撃つタイミングも丸見えだ。そんな老《お》いぼれの一撃が、このおれに通用してたまるかっ！」

太く重い棍棒《メイス》が、ヴォルフの頭部を打った。

そのままヴォルフは地に倒れ、ぴくりとも動かない。

慌《あわ》てるな。

慌てるな。

思わずバッカの目の前に飛び出してしまいそうな自分を、必死に抑える。

あの程度でくたばるほど、やわなじいさんじゃない。

「ローさん！　大丈夫、じいさん、気を失ってるだけだ‼」

ヴォルフの元に駆け寄ったペンギンが叫ぶ。

できるなら、おれが直接診たいところだが、そんな余裕はなさそうだ。

「ベポ！　シャチ！　お前らは周りの連中をぶっ潰せ！　親玉とはおれがやるっ‼」

「「分かった！」」

その返事を聞いて、おれはバッカの正面に躍《おど》り出《で》た。

……あらためて正面から対峙《たいじ》すると、相当な威圧感だ。

何しろ、あのヴォルフをあっさりと倒すような腕前だ。当然、油断はできない。

重要なのは間合いだと、瞬時におれは判断した。

手にしている二本の巨大な棍棒《メイス》は、相当な重さがあるはずなのに、バッカはそれを軽々と振り回していた。

あの攻撃が届く範囲には、簡単に入っちゃいけない。

「ああ〜ん？　また変なやつが出てきたなぁ。何者だあ、てめえは」

「お前が殴り倒した、じいさんの仲間だよ」

相手から目を逸らさず、おれは言いきった。

「ゲッパッパ！　親父の仲間ときたか！　だったら、お前もおれの敵ってことだなあっ!!」

台詞を言い終わるかどうかというタイミングで、バッカの棍棒《メイス》がおれを目がけて振り下ろされた。

速い。

どうにかそれをかわしながら、おれは足元にあった大きめのレンガを、相手に向かって投げつけた。

「こんなもんが効くかあっ！」
バッカはそれを容易《たやす》く弾《はじ》き返《かえ》した。
だが、それは予想の範囲内。
レンガを投げたのは、おれが接近する隙《すき》を作るため。
相手はおれが手ぶらだと思っている。
それこそが油断だ。
おれはあらかじめ、道に落ちていた鉄パイプを背中に忍ばせてあった。
本命はこっちだ。
「喰らいな」
至近距離で、おれは鉄パイプを背中から抜き取り、バッカに向かって思いきり振った。
もらった。この位置からよけられるはずがない。
——なのに、鉄パイプは、敵に当たることなく空《くう》を切った。
「なっ……！」
あり得ねェ。
確実に、おれの攻撃はやつの脳天をぶっ叩いていたはずだ。
なのに、なんの手応《てごた》えもない。
かすってすらいない。

「勝ったと思ったかあ、坊主《ぼうず》？　ぬるいな、ぬるすぎるなあっ!!」

大ぶりの一撃をかまして隙だらけになったおれの胴体に、バッカの棍棒《メイス》がめりこんだ。

「ぐあっ……」

そのままおれは、勢いよく背後へと弾き飛ばされる。

「ローさんっ!!」

ペンギンがかすれ気味の声で叫んだ。

「大丈夫だ。問題ねェ」

そう嘯《うそぶ》いてみたものの、棍棒《メイス》による一撃は重く、膝が震えるほどのダメージを受けてしまっている。

だが、ここで弱っていることを相手に悟《さと》られるわけにはいかない。攻撃を畳《たた》みかけられることがないよう、おれはまったく効いてないフリをする必要があった。

「てめえの攻撃はこんなもんか？　これなら、森のイノシシの体当たりと変わらない威力だな」

「……口だけは一丁前だな、小僧！」

「船長、こんな小僧、わざわざ船長が相手をするまでもないでごわす。このコニー・ボアケーノ！　船長のためなら、あっという間にこいつの背骨をへし折ってみせるでごわすよ!!」

いつの間にか、離れたところにいた相撲取り——ボアケーノと名乗る男がバッカの横に立っていた。

「ああ～、いいのさボアケーノ。……この小僧の目が気に入らねェ。こいつは、おれの手でぶち殺すさ。お前は他の連中と一緒に、町の人間たちを押さえつけておけ」

「ぶひょひょ。了解でごわす」

「それじゃあ小僧、続きと行こうか……」

突っこんでくるバッカと、待ち受けるおれ。

おれは向かってくるバッカをぎりぎりの間合いでかわし、カウンター気味に、肩のあたりへ鉄パイプを叩きつける。

完璧《かんぺき》なタイミングだ。どうやったって、よけることなどできやしない。

——なのに、当たらない。

なんでだ、どうしてだ。

すぐに、次の攻撃がくる。攻め続けるバッカに対し、おれはよけ続けることしかできない。

決定的な一撃は喰らっていないが、不利なのは明らかにおれの方だ。

こちらの攻撃は当たらない。けど、相手の攻撃をもう一度喰らったらおそらくおれは耐えられない。

不意に、バッカと目が合った。

……濁《にご》りきった悪人の目だが、そこには迷いがない。

おれに対する真っ直ぐな殺意だけがある。

自分の野望のために、今ここで、おれを仕留めようとする澄みきった覚悟。

ひょっとしたら、それがそのまま、バッカとおれの力の差になっているのか……？

この数日見ている悪夢のことを思い出す。

コラさんや、ドフラミンゴや、ドレスローザのことを思い出す。

やるべきこと、やらなければいけないことがあるのは分かっている。

けどおれは、まだ覚悟を決めていない。

コラさんの本懐を遂《と》げることは、おれにとって「いつか」の話で「今」になっていない。

だからこそ、戸惑《とまど》い、迷う。

その迷いが、目の前の男との差になっているように感じられてしまう。

相手の気迫に、覚悟に圧《お》されて、動きが鈍《にぶ》くなってしまう。

このままじゃ、まずい。

と、そこでバッカが動きを止めた。

「小僧～、なかなかいい身のこなしじゃねェか。このままやってれば、いつかはおれが勝つだろうが、時間をかけるのは面倒だ。だから……ちょ～っと別の攻め方をさせてもらうぜェ」

バッカはそう言って、下品な笑いを浮かべた。

何か、嫌《いや》な予感がする。

「てめえら！　建物の中に入ってろ！」

突然、やつは自分の部下にそう命じた。すぐさま、海賊たちが近くの建物の中へ駆けこんでいく。

「……っ！　シャチ、ペンギン、ベポ！　じいさんをかついですぐに逃げ──」

「もう遅いっ！　〝溶解波《デロリンパ》〟っ!!」

バッカの両眼から、放射状に青白い光が放たれる。おれはそれを、地面に転がってどうにかよけた。

背筋《せすじ》に寒気《さむけ》が走った。

ただの海賊じゃない。

こいつは──悪魔の実の、能力者だ。

おれの攻撃が当たらないことと結びついているのかは分からないが、とにかくこいつが普通の人間じゃないことはたしかだ。

「お前ら、無事か!?」

「だ、大丈夫だ！　みんな、なんとかよけたよ！」

ベポの声が返ってくる。

さすがは、おれの子分たちだ。

「今のが奥の手ってわけか。残念だが、おれにも仲間にも、そう簡単には当たらないぜ」

相手の能力の正体が分からないという不安を抱えたまま、おれは精一杯の虚勢を張った。

「ゲパ……ゲッパッパアッ!!」

「何がおかしい」

「いやいや、想像以上の動きだあ。おれの〝溶解波《デロリンパ》〟をよけるってのは大したもんだ……けどよお、お前、もう少し自分の周りをよく見た方がいいんじゃねェか……?」

──不意に、背後からの殺気を感じた。

おれに向かって、刀の一撃が振り下ろされる。

「くっ!」

それをどうにか、白刃取《しらはど》りの要領で受け止めた。そのまま刀ごと相手の身体をひねり、地面に倒す。

誰だ?

隠れていたバッカの仲間か?

そう思いつつ、おれは倒した相手の顔を見るが──

「……どうして、あんたが」

――診療所の先生がそこにいることに、驚きを隠せない。

先生は刀を握ったまま、うつろな目でおれを見ている。

明らかに、先生は正気を失っていた。

「てめえ……この人に何をしやがった!!」

「ゲッパッパ！　言ったはずだぜ、あたりを見回せってなあ。そいつにかまってる余裕、あるのかあ～？」

もう一度、別の方向から攻撃が飛んできた。

それもひとりによるものじゃない。

二人、三人……いや、もっとだ。

おれは大きく跳《は》ねて、人の少ない場所へ移動してから状況を確認する。

「なっ……！」

思わず、声が漏《も》れた。

――おれを全方位から囲むようにして、町の人たちが攻撃を仕掛けてくる。

「くそっ……」

ひとりひとりの攻撃は大して速度も威力もない。

本当なら、楽におれひとりで蹴散らせるはずだ。

だけど、町の人たちを攻撃することなんて、できるはずがない。

魚屋のオヤジ、レストランの姐《ねえ》さん、タトゥーショップの店員……。

見知った顔がたくさんいる。

その全員が、焦点の定まらない目で、おれを殺そうと迫ってくる。

「ゲッパッパ！　どうした小僧？　動きが鈍くなってるなあ〜」

そんなおれの心情を読みきっているかのように、バッカが笑う。

許せねェ。

何をしたのかは分からないが、町の人間たちを戦いの道具として利用する、そのやり方に対してどうしようもなく怒りがこみ上げてくる。

……おれも、〝オペオペの実〟の能力を使うしかない。

そうすれば、何かしらの打開策も見つかるはずだ。

絶対に、町の人たちを守ってみせる。

そんな風に考えて、おれは〝R《ル》O《ー》O《ム》M〟を展開しようとするが——

「駄目だ！」

——背後から、シャチに肩を摑まれた。

まるで、おれの考えをすべて読んでいたかのように。

「逃げよう、ローさん。じいさんが乗ってきたバギーがある。一旦退《ひ》いて、作戦を練《ね》ろう。……敵の能力も分からないまま、こっちの手の内をさらすのは、絶対に駄目だよ」

その言葉を聞いて、高まっていた熱は引いていき、おれは冷静さを取り戻すことができた。

シャチの言う通りだ。

策も手段もないままに突っこむんじゃ、ただの特攻と変わらない。

「分かった」

ぼそりとつぶやいて、おれはバッカと逆の方向へ全速力で駆け出した。

「逃げるか小僧！　ゲッパッパ！　思ったより根性がねェんだなぁ!!」

バッカの挑発が聴こえてくる。

だが、関係ない。

シャチだけじゃなく、ベポもペンギンも、ちゃんと正気を保っている。

なら、ここはおれがひとりで突っこむべき場面じゃないんだ。

おれには信頼できる子分たちがいる。

だからこそ今は、意地も見栄も捨てて、ただひたすらに逃げることができる。

敵の声はもう、おれの耳には届いてこない。

「二人とも、こっちだ！」

ペンギンが手を振りながら、おれとシャチを呼ぶ。ベポとヴォルフは、すでにバギーの中で待機している。

シャチとおれが乗ったのを確認して、ペンギンがエンジンをかけた。

「スピード出していくぜ！　みんな、落ちるなよっ‼」

そのままおれたちは、敵に背を向ける形で車を走らせた。

ヴォルフの様子を診たが、軽い脳震とうを起こしてるだけだ。すぐに目を覚ますだろう。

振り向くと、バッカの一味だけでなく、武器を構えた大勢の町の人たちの姿が視界に入った。

……今は逃げるけど、絶対に、助けてみせる。

家までの道すがら、おれたちは何も言葉を発さなかった。


家に戻り、気を落ち着かせる意味も含めてそれぞれがシャワーを浴び、汚れた服を着替えた。

ヴォルフのじいさんもすぐに目を覚まし、全員が食堂に集まった。

まずおれたちは、ヴォルフが気を失っているあいだに起こった出来事について確認したが、場の空気は重い。

話し合うことはいくらでもあった。けれど大きなショックを受けているせいか、みんな、なかなか口を開こうとはしない。

「迷惑かけたな、お前たち」

そんな空気の中で、ヴォルフが口火を切った。

ヴォルフの顔つきはどこか険しく、状況を整理しなければいけないと理解しているものの、何から話せばいいのか分からないといった様子だった。

「ガラクタ屋、あの連中はなんなんだ？　あんたと、あのバッカってやつはどういう関係なんだ？」

「うむ……そうじゃな。それを、話さねばならんな」

ベポたちは茶々を入れたりすることなく、ヴォルフの言葉を待っていた。これから話される内容が、決して軽いものではないと理解しているんだろう。

「バッカは、ワシの実の息子じゃ」

うつむいていた顔を上げて、ヴォルフははっきりと口にした。

「あれは幼い頃から気性《きしょう》の荒いやつでな。町でも盗みや喧嘩《けんか》を繰り返して、何度も駐在の世話になっていた。そんなあいつが海賊になると言い出したのは二十五年ほど前のことじゃ。初め、ワシはそれに反対していた。けれど、海に出たらこいつが変わるんじゃないかと希望を持ってしまったんじゃ。大きな世界へ出て多くの経験を積めば、立派な人間になってくれると、そう思ってな。……それが間違いだと気づくのに、そう時間はかからなかった。ワシはやつの海賊団の一員として海に出た。バッカを監視する人間が必要だったし、ワシ自身も、海の向こうにある珍しい発明品をこの目で見たいという夢があったからじゃ」

そこまで話して、ヴォルフは一口、紅茶を飲んだ。

自分の中に溜《た》まっていた黒い過去を人に話すことがどれほど辛《つら》いか、おれはそのことをよく知っているつもりだ。だから急《せ》かしたりはせず、黙ってヴォルフが話を再開するのを待った。

「だが、バッカは穏やかになるどころか、厳しい海賊の世界の中でどんどん歪んでいった。人を傷つけ、物を略奪することを当然と思う人間になっていったんじゃ。そして、〝デロデロの実〟を食べたことで、やつの残虐《ざんぎやく》性は取り返しのつかないものとなった」

「〝デロデロの実〟……やっぱりあいつ、悪魔の実の能力者か」

「そうじゃ。その実を食べたことで、バッカと海賊団は勢力を増し、政府からかけられる懸賞金の額《がく》も上がっていった。〝偉大なる航路《グランドライン》〟に挑もうと思えるほどの力も手に入れた……そして、バッカ自身の歪みもまた、どんどん大きなものになっていった。やつは前にも航海の途中で、スワロー島へ寄り、町を襲い金品を奪ったことがある。ワシはその時に一味を抜けた。それ以降、こうしてひとり、発明品を作り続けているというわけじゃ」

その話を聞いて、ようやく合点《がてん》がいった。

「島の外《はず》れで暮らしてるのは、あんたなりの罪滅《つみほろ》ぼしなんだな」

おれの問いかけにヴォルフは答えなかった。

けれどその沈黙は、そのままおれの言葉が正解であることを意味していた。

「初めておれたちがプレジャータウンに行った時、あんたは言ってたよな。十七年前にこの町は滅びかけたことがあるって。それが、バッカに襲われた時のことなんだろう？」

「……ああ。だが、結局ワシは何もできなかった。バッカを止めようとひとり戦ったが、結局ワシは負けた。少なくない数の死人も出た。それからワシは必死に動き回って、町をどうにか復興させたが、死んだ人間が戻ってくるわけでもない。……町の連中に感謝される資格も、あいつらと一緒に暮らす権利も、ワシにはないんじゃよ」

ふうっと、ヴォルフは大きく息を吐き出した。

出会ってから今まで見てきた中で、一番弱々しい姿をしているように映った。

腹が立つ。

笑いながら町を襲えるバッカに。

ガラクタ屋にこんな弱気な顔をさせちまってることに。

そして何より、泣きそうな友達を励《はげ》ます言葉すら思いつかない自分に。

けど、そうじゃないのかもしれない。

励ましの言葉なんかかけても、状況がよくなるわけじゃないんだ。

だったら——

「ガラクタ屋」

「……なんじゃ」

「おれは戦うぞ」

——ヴォルフを睨《にら》みつけるようにして、おれは言った。

励ましなんかいらない。

その代わりに、おれはおれのやり方でヴォルフの背中を押す。

……おれもヴォルフも、「今」動き出さないといけないんだ。

おっかないことがあっても、戸惑いがあっても、いろんなことを「いつか」に先延ばしするんじゃなく、ここで動き出さないといけないんだ。

「今」、覚悟を決めること。

世話になった町の人たちのために、勝てるかどうかも分からない敵との戦いに身を投じること。

それができないなら、やるべきことはいつまで経っても「いつか」のままだ。

永遠に、それを叶えることはできない。

目の前で起きていることに「今」向き合う覚悟だけが、おれたちを前に進めてくれる。

きっとそれが、コラさんの願いを叶えるための最初の一歩になるはずだと、そんな確信があった。

「あんたが何を考えてるのか、何をしたいのか、おれには分からねェ。けど、どっちにしてもおれのやることは決まってる。シャチとペンギンとベポと一緒に、もう一回町へ行って、バッカと連中を叩き潰す」

「ロー……」

「あんたはどうする。このまま家にひきこもろうと、おれは責《せ》めたりしない。だけど、今しかないんじゃねェのか。今度こそ町の人たちを守って、背負っちまった罪悪感から解放されるチャンスは今だけなんじゃねェのか。違うかよ、ガラクタ屋」

十秒か、二十秒か。

ヴォルフはうつむいたまま、黙りこんでいた。

それから唐突に立ち上がり、おれの方へ歩いてくる。

そして、右手を思いっきり振りかぶって、おれの頭を叩いた。

「ふんっ！　このワシを見くびるなよ!!　お前に言われずとも、ワシは逃げたりなんぞせんわい！　今だって、ほんのちょびーっと弱気になっとっただけじゃ。……実際、その通りじゃよ。ワシの罪を清算できるのは、ワシだけなんじゃ。今度こそ、ワシは町を守ってみせるわいっ！」

「でも、前はバッカにぼこぼこにされたんだろ？」、とペンギンが容赦《ようしゃ》のないツッコミを入れた。

「うっ……」

「ずっと海賊やってたんだし、今はもっと強くなってるんじゃないのか?」、ベポが真っ当な質問を投げた。

「むう……」

「具体的にどうやって勝つのか、考えあるのか?」、とどめを刺すかのようにシャチが言った。

「くうっ……」

どれもが図星だったらしく、ヴォルフは顔を真っ赤にして口をぱくぱくさせるだけで、これといった反論はできない様子だった。

「普段おれたちに説教ばかりしてるくせに、肝心《かんじん》なことはなんも分かってないんだな、ガラクタ屋」

「な、なんじゃとっ!!」

「あんたひとりじゃ、あいつらに勝てない。あんただけじゃ、町の人たちは守れない。けど、そんなのは当たり前の話だろ。あんただけでどうにもならないからこそ、おれたちがいるんだろうが」

「む……」

「おれたちが、あんたをひとりにはしない。全員でバッカもその部下もぶっ飛ばして、町を守る。簡単な話だ。……ガラクタ屋。おれたちはもう、ただのガキじゃねェ。あんたの世話になってるだけの子どもじゃないんだ。今度は、おれたちの番だ。おれたちがあんたと、あんたの大事なもんを守ってみせる。……友達ってのは、そういうもんだろうが」

ふんっ、とヴォルフが鼻を鳴らした。そうして、薄く、笑みを浮かべる。

「生意気な。鼻たれ小僧が、ちょっと図体《ずうたい》がでかくなったからと、偉そうなことを言いよるわい。……だが、おかげで腹が決まった。ワシはお前たちを信じる。友達であるお前たちに、背中をあずけるわい」

降参だと言わんばかりに、ヴォルフが両手を上げた。

それを見て、みんなが笑う。

いつもの、この家の空気が戻ってくる。

「でだ、じいさん。戦うと決まったら、確認しなくちゃいけないことがいくつもある。まず、バッカが食った〝デロデロの実〟ってのはどんなもんなんだ?」

どういう戦いになるにしろ、最終的にはバッカを倒さなければ、町に平和は戻らない。だとしたら、おれたちは真っ先にやつの能力を把握《はあく》しておく必要があった。

「食った者を『溶解人間』にする。それが、〝デロデロの実〟の能力じゃ。バッカは自分の身体を、自由に液体にすることができる。ゆえに、通常の攻撃ではあいつにダメージを与えられん」

「なるほどな、それで、おれの攻撃はすり抜けたってわけか」

鉄パイプで水を殴ったところで、ダメージにならないことは明白だ。

「それともうひとつ。バッカは、他人を操《あやつ》る光線を眼から撃ち出すことができる」

「光線？　催眠術みたいなもんか？」

「正確に言えば、『あらゆるものを溶かしてしまう』光線じゃ。お前たちは、町の連中が襲ってきたと言ったな。その前に、バッカは光線を撃っていなかったか？」

「撃ってた。おれたちはよけられたけど、周りにいた人たちはまともにそれを喰《く》らってた」

「〝溶解波《デロリンパ》〟――バッカの光線を浴びた者は、心を溶かされ、やつの意のままに操られる。極端な話、バッカが死ねと命じれば、操られている人間は自分の胸にナイフを突き立てることになるじゃろう」

「はっ。悪党には似合いの能力だな」

「おそらく、今頃バッカは町中の人に光線を浴びせ、思い通りに動く人形に変えているはずじゃ。……だからこそ、ワシらは急いで行動を起こさねばいかん」

「ん？　バッカが町から逃げる前にってことか？」

「違う。バッカたちは、休息と〝偉大なる航路《グランドライン》〟に向かう準備のために、しばらくはこの島に滞在するじゃろう。問題は、町の人たちの方なんじゃ。……バッカの〝溶解波《デロリンパ》〟を喰らった人間は、二十四時間で死亡する」

「なっ……!」

「〝デロデロの実〟の能力は、心という、形のないものでも溶かすことができる。そして、操られた状態から二十四時間で、完全に心は溶けきってしまう。そうなればもう、何をしても助からん」

再び、沈鬱《ちんうつ》な空気が部屋に立ちこめた。

町でこれまで世話になった、たくさんの人たちの顔が思い浮かぶ。

冗談じゃない。

誰ひとりとして、死なせるわけにはいかない。

「どうしたら〝デロデロの実〟の能力は解除できる?」

「睡眠以外で、バッカが気を失えば能力は解除される。だが、そう上手《うま》く気絶させることができるとも限らん。……最初から、やつを殺すつもりで戦うべき、なんじゃろうな」

そう言って、ヴォルフは眉間《みけん》にしわを寄せた。

……どれだけロクでもないやつになろうと、バッカはヴォルフにとって実の息子だ。そいつを殺すことなんて、本当なら考えたくもないはずなんだ。

「二十四時間か……」

「町での戦いからもう四時間くらい経ってる。あと、二十時間……」

「そのあいだに、町へ戻って、襲ってくる町の人たちをなんとかしながら、バッカを倒す……かなり厳しいよな……」

ベポとペンギンとシャチも、現状にだいぶ困惑《こんわく》している様子だ。無理もない。大げさな言い方でもなんでもなく、町の人たちの命が、おれたちにかかっているんだ。

おれだって平気なわけじゃない。

さっきから、両手の指先が小刻《こきざ》みに震えている。

町が襲われるという話を聞くと、どうしても思い出してしまうんだ。

燃える町、たくさんの悲鳴、両親、ラミ、たくさんの死体、故郷、フレバンス……。

「屋根に上るぞ、ついてこい」

突然、ヴォルフが言った。おれたちは黙ってそれにしたがう。

外に出てみると、雨雲が近づいてきているのが見えた。

まるでおれたちの心情を反映しているかのようで、腹が立つ。

「町の状況を探るぞ」

「あん？」

「ワシの発明した高精度望遠鏡『ドコマデモミエールくん』なら、ここから町の様子を見ることくらい朝飯前じゃ。二台あるから、ロー、お前も一緒に見ろ」

　おれは半信半疑で、いつも通りダサい名前の発明品に目を当てた。

　その途端、思わず驚きの声が出そうになる。

　誇張でもなんでもなく、本当に町の様子がくっきりと見える。

　ヴォルフのやつ、こんなもんまで作れんのか……。

「……やはり、町の連中はみんな操られてしまっているのう」

「そうだな」

　見知った人たちが、慣れない武器を手にとって、意思の宿らない目のまま町のあちこちをうろついている。

「じいさん、バッカのやつはどこにいる」

「神殿、じゃな。お前たちも行ったことがあるだろう。町の中心にある、海の神を祀《まつ》った神殿に、海賊たちはいる」

「あそこか。なるほど、町であれ以上に広い場所はないからな」

　連中の居場所を確認して、おれたちは望遠鏡から離れた。

　はっきり言って、かなり厳しい状況だ。

　海賊どものいる神殿が町のど真ん中にある以上、町民たちとの衝突は避けられない。

　あの人たちを傷つけたくはないが、まったく攻撃せずに正面突破することも難しいだろう。

バッカの元へ辿《たど》り着《つ》く前にボロボロになってたんじゃ、到底勝ち目はない。

そもそも辿り着いたところで、あいつにダメージを与える手段がなければ話にもならない。

……八方ふさがりだ。

「お前ら、なんか、案はあるか？」

ダメ元で、ベポたちに訊いてみる。

「ごめん、なんも思いつかない……おれがもう少し頭のいい白クマだったらよかったのにこんな役立たず、消えた方がいいのかな……」

「変なところで落ちこむな、ベポ！　アイディアがないのはおれも同じだ」

はあーっと、全員が大きなため息をついた。

だが、ふと横を見ると、ヴォルフだけは妙に自信を感じさせる笑みを浮かべていた。

「思いついたわい」、ヴォルフがポツリとつぶやく。

「何をだ？」、とおれは尋ねる。

「そうじゃ！　この手があったわ！　イケる！　これはイケるぞ、お前たち、すぐに準備をせい！　ワシの研究所へ向かうぞっ!!」

じいさんが猛《たけ》り、吼えた。

「バッカのやつに、一泡吹かせてやるわいっ!!」

おれたちは戦いの準備を整えてから、再びヴォルフの運転するバギーに乗って、研究所へと向かった。

プレジャータウンの危機って時に不謹慎《ふきんしん》だが、少しだけ、おれはワクワクしていた。

何しろ、ヴォルフの研究所に入るのは、これが初めてなんだ。前々から一度覗《のぞ》かせてくれと頼んだりもしていたが、ヴォルフが頑《がん》として首を縦《たて》に振ろうとはしなかった。

だからようやく、じいさんの一番こだわっている部分——発明家として積み重ねてきたものを見れるんだと思い、心が弾《はず》んだ。

バギーで十分もかからないうちに、おれたちは研究所についた。

だが、降りた場所にはなんの建物も見当たらない。だだっ広い更地《さらち》が広がっているだけだ。

と、そんなことを考えていると、ヴォルフのじいさんがとことこと更地の真ん中へ歩いていく。

地面には、金属製の扉が埋めこまれていた。

じいさんが鍵を挿して回すと、ガコンという音とともに扉が開く。

「すげー！　秘密基地みてえだ！」、とベポが騒ぐ。

「電灯があるから中は明るいが、急な階段になっておる。転ばないよう気をつけろ」

ヴォルフに先導されるかたちでおれたちは階段を下りていく。

……なるほど、まさしくこいつは秘密基地だ。ガラじゃないが、おれまで少しはしゃぎたい気持ちになってくる。

らせん状になった階段をしばらく進んだところで、開けた場所に出た。

その部屋に広がっているのは、大量の発明品。

しかも、家に置いてあるようなしょぼい感じのものとは全然違う。

見たこともない形の小型飛行機や車。

おそらくは培養液で満たされているプール。

実験に使うためのフラスコやビーカーやメスシリンダー。

妙な細工《さいく》がほどこされた、斧《おの》や銃や刀剣。

――ここが、発明家ヴォルフの研究室なんだ。

おれは思わず、そこに広がる光景に見とれてしまっていた。こんな状況じゃなければ、じいさんに一個一個どういうアイテムなのか、どんな実験をしているのか細かく訊きたいところだ。

「じいさん、あんた本当に発明家だったんだな……」、シャチが驚きを隠せないといった調子で言った。

「当たり前じゃ！　お前らはワシをなんだと思っとったんじゃい!!　まあいいわ。とりあえず、こんなもんで驚かれては困る。お前たちに見せたい本命のブツは、この先にあるんでな。ロー、お前はそこにある刀を持ってこい。バッカと戦う上で、そいつは絶対に必要になるものじゃ」

ヴォルフが指さした先には、鞘《さや》に入った一本の刀が置いてあった。抜いてみると、よく研《と》ぎ澄《す》まされた刃が現れる。なんだか得体の知れないスイッチなんかも付いているが、とりあえずは気にせず、持っていくことにした。

ヴォルフはさらに奥の部屋へ進んでいく。もう少し見ていたいという思いもあったが、今の目的は別にある。おれたちは急ぎ足でヴォルフを追っていった。

ぎしぎしと音を立てる階段を下りると、暗い場所に出た。

何かの匂《にお》いがする。

潮《しお》の匂いだ。海が近いのか？

「灯《あか》りを点《つ》けるぞ」

そう言ってヴォルフは、手にしていた電灯のスイッチを入れた。

「ここは……洞窟《どうくつ》か？」

さっきの発明部屋とはまったく違う、砂と岩肌に囲まれた場所におれたちはいた。

「町の連中も知らない、秘密の洞窟じゃよ。そして、お前たちに見せたいものは、あれじゃっ！」

ヴォルフが指さした方向に、おれたちも顔を向ける。

そこにあったものは——

「……でけえ」

——巨大な、黄色い船だった。

金属製の船が、海面に浮かんでいる。

これも、ヴォルフの発明品だっていうのか……？

いや、しかも、これはただの船じゃない。

「ガラクタ屋、この船はもしかして」

「ふん。おそらくはお前の想像しとる通りじゃ。これこそが天才発明家ヴォルフの最大の発明品！　潜水艦、『花マル無敵号』じゃあっ!!」

「「「名前だっせえええ!!」」」

全員の声が重なった。

しかし……名前はともかく、こいつはとんでもない。

金属製の黄色い船体は、おれたちの眼前で圧倒的な迫力を放っていた。

「中に入るぞ」

「いいのか⁉」、ペンギンが嬉しそうな声を出す。

「当たり前じゃ。何しろ、こいつこそがバッカを倒すための秘密兵器なんじゃからな」

得意げに鼻を鳴らしながら、ヴォルフはそんなことを言った。

その真意を掴めないまま、おれたちは潜水艦の中に入った。

「うわ……」

思わず、感嘆の声が漏れた。

見せかけだけの船じゃなかった。中の操縦席には立派な操縦桿《かん》やたくさんの計器が備えつけられていて、本物の潜水艦に乗っているんだという実感が湧《わ》いた。ベポたちも、座席に座って窓の外を見たりしながら、すげえすげえとはしゃいでいる。

「どうじゃ！　ワシの偉大さが分かったか、お前ら！」

「それはいいけどよ、このご立派な潜水艦が、バッカとの戦いにどう役立つっていうんだ。海での戦いになるってんならともかく、あいつらがいるのは陸のど真ん中だぞ」

そんな疑問をぶつけると、ヴォルフはカッカッカ！　と高らかに笑い声を上げた。

「ふんっ！　こいつの馬力を甘く見るなよ、ロー。とりあえず、座席につけ」

ヴォルフが操縦席に座り、計器の状態を確認してからエンジンをかけた。

「メインタンクに海水を注入……スクリュープロペラの回転も正常！」

同時に、キイイインと、耳をつんざくような音が洞窟内に響き渡った。

「うわっ！」

「なんだ！」

「耳が痛《いて》ェ！」

ガラスとガラスを擦《こす》り合《あ》わせたかのような音に、思わずおれたちは耳をふさいでしまう。

だがおれは、この音に聞き覚えがあった。

そうだ、三年前。

庭で剣術の訓練をしている時に、遠くから聴こえてきたあの音だ。

それを思い出して、ハッと閃《ひらめ》いた。

――「海中を飛ぶツバメ」のうわさ話。

「ガラクタ屋！　もしかして、この鳥の鳴き声みたいな音は……」

「ふんっ！　お前たちも、町でうわさくらいは耳にしたことがあるじゃろう。『花マル無敵号』のプロペラ音は洞窟内で反響し、町や海にまで届くほど巨大なものとなる！　これこそが、『海中を飛ぶツバメ』の正体じゃあっ‼」

そうか。

ヴォルフはたまに、試運転でこの潜水艦を動かしてたわけだ。

このでっかいプロペラの音が鳴り響いた後で、海中を進む潜水艦を見たやつがいれば、妙なうわさが流れるのも不思議じゃない。

「ようし！　システム、オールグリーンじゃ！　発進するぞいっ‼」

ボゴッ、と大きな音を立てて潜水艦が沈んでいく。

「うおお、本当に動いた……！」

ペンギンが、感嘆に近い声を上げた。

スワロー島は島の大部分の地下が海に繋がっている、珍しい場所だ。そうだからこそ、島の外れからプレジャータウンまで、海中を移動していくことができる。

深くまで沈んだ潜水艦の窓を覗くと、たくさんの魚が群れをなして泳いでいた。

初めて見る、海の中の景色。

きれいだ。

思わず、そう口に出しそうになった。

悪魔の実を食ってカナヅチになったおれには、一生拝めなかったはずの景色だ。

けど、じいさんの発明品のおかげで、おれはゆったりと色とりどりの魚が海の中で舞う様《さま》を眺《なが》めることができている。

ほとんど垂直に沈んだ潜水艦が、今度は水平に動き出す。

とんでもないスピードで。

「おおっ！　すげえ‼」

「めちゃくちゃ速いぞ、これ‼」

次々と移り変わっていく景色を見ながら、シャチとベポがはしゃぐ。

自分の身体が潜水艦と一体になって、どんどん加速していくような感覚があった。

これだったら、あっという間に、プレジャータウンのあたりに着くだろう。けど。

「おい、じいさん。結局どうするつもりなんだよ」

ヴォルフは何も答えない。ふふふと笑いながら、楽しそうに潜水艦を操縦している。

「そろそろじゃな……うむ、レーダーに異常なし。ちょうどこの真上に、バッカたちのいる神殿がある」

「だから！　結局、陸に上がって攻めこむんじゃ意味ねェだろうが！　操られてる町の連中と、真っ向から戦うことになるぞ！」

「ノンノンノン！　なーにを的外れなことを言っとるんじゃ。陸に上がるつもりなんぞ端《はな》からないわい。この『花マル無敵号』はな、世界で最も硬い金属のひとつで造られておる！　それこそ、どんな硬い岩でも山でもぶち破れるほどの頑強さを備えておるんじゃ！」

「おい、まさかそれって……」

「シートベルトを着けておけよ、お前たち。このまま上昇して、大、大、大地を割るぞ、」

「は？」

「なに？」

「冗談だよな？」

「大地を割って、海中から直接神殿に乗りこむ！　ワシを信じろ！　スクリュープロペラ、キリモミ大・回・転っ!!」

「「嘘だろおおおおおおおっ!!」」

ペンギンたちが叫ぶ。おれだって信じたくない。絶対、じいさんは耐久テストとかやってないはずだ。だが、こうなったら覚悟を決めるしかない。

ギュイイインと、これまで以上にとんでもない音を出しながら、高速で潜水艦は浮上していく。

そして、そのままの勢いで――

「三秒前、二、一…………行くぞおっ!!」

――巨大な衝撃音とともに、上にあった岩盤が割れ、おれたちは神殿の内部に飛び出した。

「なんだなんだあっ！」

「どっから出てきたこいつらっ！」

「やべェぞ！　船長に報告しろっ！」

海賊たちの慌てふためく声がいくつも聴こえてくる。

そりゃそうだ。おれだって逆の立場だったら、平常心を保つ自信はない。

けどまあ。

「なかなか、楽しいシチュエーションになったじゃねェか」

ここまでやられたら、もう笑うしかない。

「足を引っ張るなよ、お前たちっ！」

「こっちの台詞だ、ガラクタ屋あっ‼」

そうして、おれたち五人は、一斉《いっせい》に潜水艦から飛び出した。

さあ――祭りの始まりだ。

第四話

ONE PIECE novel LAW

# Chapter 4

訓練も実戦も、それなりの量をこなしてきたという自信がある。

ドフラミンゴたちから戦闘の基本を教わり、ヴォルフとこの島で暮らし始めてからも技術を磨き、力をつけてきたつもりだ。

けど、決定的に違う点がある。

かつてドフラミンゴの元で戦っていた時、おれは何も信じず、死ぬ前に世界をぶっ壊したいという衝動《しょうどう》だけで動いていた。

今は違う。今のおれには、守りたいものがある。

プレジャータウンの人たち、そして仲間たちの命がこの戦いには懸《か》かっている。

負けられない、負けるわけにはいかない。

おれは身体《からだ》の緊張を解くため、一度大きく深呼吸をした。

リーダーのおれがプレッシャーを感じてたら、他のやつらだって力を発揮できないはずだから。

そうして決意を示すように、おれは叫ぶ。

「行くぞ、お前ら！　絶対に死ぬな！　そして、絶対に勝つんだ‼」

「「「おうっ!!」」」

研究所であずかった刀を強く握りながら、おれは正面に目をやった。

町で会った時よりも敵の数は多い。

五十か、六十か。

数で圧倒している敵は、負けるはずがないと思っているのか、うすら笑いを浮かべながらこちらを見ている。

「舐《な》めるなよ」

おれはギロリと、殺意をこめるようにして相手を睨《にら》みつけた。

相手の顔からうっとうしい笑いが消える。

連中の中にあの二人は見当たらない。

敵の船長であるアルトゥール・バッカと、相撲取《すもうと》りのような体型のコニー・ボアケーノ。

この戦いは単純だ。

海賊の群れを突破し、バッカとボアケーノを倒せばおれたちの勝ち。

それまでにやられてしまえばおれたちの敗北だ。

「ガキとじじいが……調子にのるんじゃねェ!」

膠着《こうちゃく》した状態にしびれを切らしてか、海賊のひとりが剣を持って襲いかかってくる。

それを合図に、おれたちも同時に駆け出した。

おれの前に立ちふさがった敵の数は四人。それぞれが別方向から攻撃を放ってくる。

「——遅い」

スロー再生でもしているかのように、相手の動きが見える。

右方向から来る敵の顎に、思いっきり蹴《け》りを叩《たた》きこむ。

正面の敵に、掌底《しょうてい》をぶちこむ。

左のやつのみぞおちに勢いよく膝《ひざ》を入れる。

そのままの勢いで、背後に回って攻めてきたやつに回し蹴りを放った。

あっさりと、四人が倒れる。

「つ、つえェ……」

海賊のひとりがつぶやいたのをおれは聞《き》き逃《のが》さなかった。

戦いの中ではビビった方が負けだ。

動揺した隙《すき》を、おれは見逃さない。

五人、六人、七人……。

迫ってくる敵にカウンター気味の攻撃を入れながら、先へ先へと進んでいく。

横からは「あちょー！」とか「おらおらぁ！」という仲間の声が聴こえてくる。

見れば、ベポは体術を駆使し、ペンギンは槍《やり》で相手を薙《な》ぎ払《はら》い、シャチは手斧《ておの》で敵の武器を破壊している。当然、ヴォルフも危なげなく相手の急所を的確に攻めて気絶させている。

十四人、十五人、十六人……。

一撃も喰《く》らうことなく、おれは相手を沈めていく。

やがて、周囲からの攻撃が止《や》んだ。

あたりを見渡せば、立っているのはおれたち五人だけだった。


「楽勝っ！」、ペンギンが叫ぶ。

「訓練の成果って、ちゃんと出るもんなんだなあ……」、シャチは何か感動した様子《ようす》だ。

「この調子で親玉までぶっ潰《つぶ》そう！」、ベポはテンション高く大声を出した。

ったく、どいつもこいつも浮かれてやがる。けどその中で、ヴォルフだけは眉間《みけん》にしわを寄せたまま、前方を見据《みす》えていた。

そうだ、問題はこの先。

バッカとボアケーノとの戦いこそが本番だ。

「このまま奥の部屋まで一気に駆け抜けるぞい！　おそらく連中はそこにいる！　これまでの相手と同じようには考えるなよっ!!」

ヴォルフからの檄《げき》が飛んだ。

浮ついていたペンギンとシャチとベポの顔が引《ひ》き締《し》まったものに戻る。

「よし、行くぞ！」

おれも負けじと大声を張り上げて、正面にある扉を開いた。

その瞬間――

「〝発気宵《はつけよい》〟!!!」

――耳をつんざくようなかけ声とともに、巨大な肉のかたまりが飛び出してきた。

コニー・ボアケーノ。

褐色《かっしょく》の肌《はだ》にまわしを締《し》め、ちょんまげを結《ゆ》ったその男の突進によって、おれたちは一瞬で分断されてしまった。

おれとヴォルフは勘《かん》よく攻撃をかわしたが、ベポたちはボアケーノの肉に押されるように吹っ飛ばされてしまっている。

すぐに助けに入ろうとした。

けれど、そちらを見ればペンギンが右手を前に突き出している。

来るな、という合図だ。

「ローさん！　ヴォルフと一緒にバッカを倒してきてくれ！　この相撲取りは、おれたちが引き受けるっ!!」

わずかに、躊躇《ためら》いが生じた。

あの相撲取りはまぎれもない強敵だ。

けど、ここでおれとヴォルフがベポたちの援護に向かえば、その隙をついてバッカに後ろから襲われる危険性もある。

「進むぞ、ロー」

迷っているおれの肩を、ヴォルフが強く握った。

「あいつらを信じろ。伊達《だて》に毎日、訓練を重ねてきたわけじゃあない。仲間の強さを信じるのも、リーダーの務めじゃゃ」

その言葉に、おれはうなずきで返した。

「ベポ！　シャチ！　ペンギン！　お前らを鍛《きた》えてきたのはおれだっ！　そんなやつに負けたら承知しねェぞ!!」

「「「了解だっ!!」」」

威勢のいい声を背後に聴きながら、おれたちは奥へ奥へと進んでいき、やがて、巨大な扉に突き当たった。

「待て。中に入る前に、これを目の中に入れておけ」

「なんだこれ？」

「小型のレンズじゃ。バッカの催眠光線は目に作用する。じゃが、こいつをはめておけば、それを完全に防ぐことができる」

「そいつは頼もしいな」

「昔から考えていたんじゃよ。いつかバッカを止めなければならない日が来るかもしれないとな。そのために、準備をしておいたというだけじゃ」

実《じつ》の息子との戦い。

ヴォルフにもきっと、苦悩や葛藤《かっとう》があるんだろう。

けど、それは今尋《たず》ねるべきことじゃない。おれは無言で、渡されたレンズを両目にはめた。

「よし、行くぞ！　ガラクタ屋！」

「おうとも！」

そして、おれたちは扉を開けた。


「よお、親父《おやじ》。それと……こないだ逃げ帰ったガキもいるのか」

白い大理石の柱が何本もある部屋の真ん中に、アルトゥール・バッカは立っていた。

改めて対峙《たいじ》して、その威圧感に気圧《けお》されてしまう。

「ゲッパッパ！　親父ぃ……てめえはおれの能力を知ってるもんなあ。もうとっくに夜だ。朝になってしばらくすれば、おれの〝溶解波《デロリンパ》〟を喰らった町の連中は全員死んでいく。てめえらは、ちゃちな正義感に突き動かされておれを殺しに来た。そうだろう？」

挑発的なバッカの口調。だが、ヴォルフはそれに心を乱された様子は見せなかった。

「そんな大層な理由じゃないわい。ワシはただ、馬鹿な息子を育ててしまった責任をとるため、説教に来ただけじゃよ」

「ゲパッ！　まあ、理由なんてなんでもいい。おれはただ、てめえらをこの場で殺し、その後でゆっくりとこの島に隠された財宝を探す。実にシンプルだ！」

バッカの不快な笑い声が神殿に響いた。

「もう一度だけ言おう。この島に、財宝なんてものはありゃせんわい」

ぽつりと、つぶやくようにヴォルフが言った。

「ああ〜ん？　そりゃあてめえが財宝について知らねェってだけだろうが。キャプテン・ラドガの手紙は本物だった！　相当な懸賞金のかかった大海賊だ。遺書と同じ意味を持った手紙に、嘘《うそ》を書くわけがねえのさっ‼」

「……言い直そう。財宝はすでになくなっている、とな」

「……どういう意味だ」

初めて、バッカが険《けわ》しい表情を浮かべた。

「なあ、バッカ。ワシらがどうやってこの神殿までやってきたか、分かっているか？」

「ああ？　妙な潜水艦で海中から突っこんできたんだろうが。とんでもなくデカい音がしたからなあ。おれも様子くらいは見に行ったさ」

「あの潜水艦は、全速力でぶち当たれば大地を割ることもできる。それだけ強靭《きょうじん》な潜水艦を造るためには、他に類を見ないほど頑丈《がんじょう》な金属が必要となる」

「なんの話を、していやがる」

「あのサイズの船を造るには、とんでもない量を集めねばならなかった」

「なんの話をしているのか訊《き》いてるんだっ!!」

「さて、問題じゃ。そんな金属を簡単に入手できるわけがないことくらい、お前の頭でも分かるじゃろう。そしてワシは貴族でも大金持ちでもない。貯金もまったくなかった。なら、どうやってワシは大量の金属を入手したのだと思う?」

「てめえ……まさかっ!」

「……おそらくはお前の考えている通りじゃよ、バッカ。キャプテン・ラドガの財宝はたしかに存在した! だが、それは何十年も前に! ワシが発見しておるんじゃ!!」

「なっ……」

「ああ、財宝はいい金になった。お前に壊された町を修復し、最高の潜水艦を造れるくらいにな。おかげでワシは貧乏暮らしに逆戻りじゃが、なかなか悪くない金の使い方だろう? カッカッカ!」

瞬間、部屋の温度が下がったんじゃないかと思うほどの殺気が飛んできた。

バッカはもう言葉を発さなかった。純粋な怒り、純粋な殺意だけがやつの身体を取り巻いていた。

二秒か、三秒か。

こちらを睨んだ後、バッカは視線を下に向け、大きなため息をついた。

「ふうー……なるほどなるほど。ああ、そりゃあ道理だ。財宝なんて、見つけたもん勝ちだからなあ……いやあ、まいったまいった……まさか親父殿に先を越されるなんてなあ……まったく、あんたが船を降りると言い出した時、とっとと殺しておくべきだったんだよなあ……」

何かを諦《あきら》めたような台詞《せりふ》だ。

けれど、バッカから放たれる強烈な負の気配はみじんも弱まっていない。

「だがまあ、これで話はもっと単純になったわけだ」

再び、バッカの眼光がおれたちを捉《とら》えた。

「ああ、何も悲観することはねェ。おれはただ、潜水艦をバラして、金属を売り払えばいいだけだ。ちょっと手順が変わったってだけの話さ……そう……だからそのためにも、確実にてめえらはここで皆殺しにするっ!!」

バッカが背中に手を回した。

取り出された二本の巨大な棍棒《メイス》。

「もう、命乞《いのちご》いをしてもてめえらは許さねえ……ここで圧《お》し潰《つぶ》し、すり潰し、惨《みじ》めな死を迎えやがれっ!!」

バッカが吼《ほ》える。

「来るぞ！　ロー！」

「ああっ!!」

声に応じるようにして、おれたちも身構えた。

〝本番〟が、始まる。

「てめえらを操《あやつ》り人形にすれば、それで終わりだ！　〝溶解波《デロリンパ》〟ッ!!」

バッカの眼から青白い光線が飛んでくる。だが、おれたちはかわさない。

直撃したが、精神を操られることはなかった。

「ああん……？」

「あほうが。貴様の〝溶解波《デロリンパ》〟への対策などとっくにできておるわ！　ワシらに、そいつは効かんぞ」

「ほお〜う。どういう仕組みか知らねェが、無策でやってきたわけじゃないってことか。だが、〝溶解波《デロリンパ》〟がなくとも、おれがてめえらに負ける要素はねェ！　おれの棍棒《メイス》で、粉々に砕け散れいっ!!」

バッカが手にした武器を何度も振り回す。

その連撃をおれとヴォルフはどうにかよけ続ける。

町で戦った時とはまるで違う。

一撃喰らっただけでも、全身の骨が砕けてしまいそうな重い一撃だ。

「ゲパアッ！」

棍棒《メイス》が、おれのすぐ横の地面を砕く。

大ぶりになった瞬間を見逃さず、おれはカウンターで蹴りを叩きこもうとする。

——けれど。

「〝液化《トロカデロ》〟」

バッカの身体が瞬時に液体へと変わる。

おれの攻撃は液体を弾《はじ》いただけで、相手に一切のダメージを与えていない。

「ゲッパッパ！　学習しねェ小僧だ！　おれに攻撃が通じないのは分かっていたことだろう……？　てめえは何もできないまま、頭を砕かれるのさっ!!」

ちくしょう、こんなもん、まともな戦いにならねェ。

おれとヴォルフの体力が尽《つ》きて攻撃をかわせなくなった瞬間、こっちの負けが決まる。

理不尽《りふじん》どころの話じゃない。

「ロー、こっちじゃ！」

ヴォルフがおれの腕を摑《つか》み、強引《ごういん》に引き寄せた。

「……どうすんだよ、ガラクタ屋。このままじゃジリ貧だぜ」

「そんなことは分かっとる。当然、何も考えずに乗りこんできたわけではないわい」

「作戦があるなら、教えてもらおうか」

「……お前はバッカから距離をとれ。作戦は単純じゃ。ワシが動き回ってバッカに隙を作る。そこを狙って、お前はその刀でやつに斬《き》りこめ」

「攻撃が当たらないんじゃ意味ねェだろ」

「この天才発明家を信じろ！　問題ない。その刀の一撃ならば、必ずやつに届く。……じゃあ、頼むぞ」

「あっ、おい！」

制止する間もなく、ヴォルフは自分からバッカに突っこんでいった。

手にした刀に目をやる。普通の柄《つか》に普通の刃《やいば》が付いているだけの、どうってことない刀だ。反《そ》りはなく、刀身が真《ま》っ直《す》ぐに伸びているだけで、なんの特徴もない。変わったところといえば、妙なスイッチが付いていることくらいだ。

これでバッカに斬りかかって、何か意味があるのか？

分からない。

けれどおれは、ヴォルフを信じるだけだ。

あいつは隙を作ると言った。その瞬間に斬りこめば攻撃が届くと言った。

なら、おれは機を待つだけ。

仲間の言葉を信じるだけだ。

「喰らええいっ!」

バッカが叫ぶ。棍棒《メイス》の一撃がヴォルフの腹に決まっている。

けれど、ヴォルフは倒れない。

重い攻撃を喰らいながら、おれに視線を送ってくる。

――今しかない。

バッカの注意がこちらから逸《そ》れていることを確認し、おれはできる限りの速度で斬りかかった。

「ロー!　柄にあるスイッチを押せいっ!!」

怒号《どごう》にも似たヴォルフの声が響いた。

身体が自然と反応する。

おれは親指でスイッチを押しながら、刀を大上段に振りかぶってバッカを斬る。

手応《てごた》えは、ない。

水に刃を通したような感触があるだけだ。

けれど――

「あああああっ!!」

バッカが悲鳴を上げた。

それはまぎれもなく、やつが痛みを感じている証拠だ。

でも、どうして？

おれは疑問を抱《いだ》きながら、自分が手にしている刀を見た。

刃の部分が、閃光《せんこう》につつまれたように光っている。

バチバチという音を立てながら。

「なんだあ……これはあ……」

液状になったバッカが驚きの声を出した。間違いなく、ダメージを受けている。

やつはおれを警戒してか、後ろに跳《と》んで大きく距離をとった。

「ロー！　その刀はこの天才の発明品、『ハイパーシビレールくん』じゃあ！　スイッチをオンにすれば刀身が電気をまとう！　その状態なら、バッカが液状化していようとダメージを与えられる！」

ネーミングのセンスはともかく、たしかにこれはおれたちにとっての切り札となる武器だった。そうだ、何も直接斬ったり殴《なぐ》ったりしなくてもいいんだ。

液状化していようと、痛覚は普通の人間と変わらない。

だったら、強力な電撃を何度も喰らわせれば、バッカを倒すことはできる……！

「大したもんだぜ、ガラクタ屋」

バッカは後ろに下がり、こちらの様子をうかがっている。

けど、おれにとっては、その様子見こそが最大の隙になる……！

「〝ROOM《ルーム》〟」

このチャンスを見逃すわけにはいかない。

躊躇うことなく、おれは〝オペオペの実〟の能力を発動させた。

あたり一帯が、ドームにつつまれる。おれの領域に変化する。

「ゲッ……てめえ、悪魔の実の能力者かあっ!!」

遅い。

「〝シャンブルズ〟」

バッカが退《さ》がった方向には、崩れた大理石が転がっていた。

おれは即座に、それと自分の位置を入れ替える。

「なっ……」

瞬間移動。

バッカにしてみれば、離れたところにいたおれが、突然自分の背後に現れたということを理解できないだろう。

「くたばれ」

速く、正確に、適切に。

身体を両断するようにして、おれは電撃を発する刃でバッカを斬った。

「ぐあああっ!!」

バッカの全身が痙攣《けいれん》する。

電撃が、やつにたしかなダメージを与えている。

二撃、三撃、四撃。

バッカが痛みにもだえているあいだに、次々と攻撃を入れていく。

「ゲパアアアッ！」

けれどバッカは倒れない。

五回目の斬撃を入れようとした瞬間、全身を液体に変えて床の上を移動した。

「はああ……隠し玉を用意していやがったか……こいつは、ちと予想外だったなあ……」

今度は、おれの方が驚く番だった。

光り方を見れば、この刀が発している電流が相当に強力なものだというのは明らかだ。

普通の人間なら、一撃で失神しているだろう。

なのに、バッカは今も凶悪な目つきでこちらを睨みつけている。

どうして倒れない？

どうしてそんな目ができる？

その時、町で戦った際に感じたものと同じ不安がおれを襲った。

——覚悟の、差。

正義や悪という問題じゃない。

バッカは、絶対に負けるわけにはいかないという覚悟をもって、戦いに臨《のぞ》んでいる。

……おれは、どうなんだ。

バッカのようなぎらぎらとした欲望に立ち向かう覚悟なんて、おれにあるんだろうか。

「……くそっ！」

戦いの最中に迷うなんて、最低の選択だ。

おれは何度もバッカを斬りつける。

痛みで相手が耐えられなくなるまで斬りつける。

それでもバッカは倒れない。

痛みをこらえ、不敵な笑いを浮かべながら、おれを殺そうと迫ってくる。

――足が滑った。

下を見ると、そこに水たまりができている。

バッカが自分の身体の一部を液状化して、おれの足元に罠《わな》として仕掛けていた。

「……しまっ！」

「ゲパッパアアアッ!!」

バッカの棍棒《メイス》が迫る。おれは完全に体勢を崩されてしまっている。

かわせない。

「ロ――――――!!」

諦めかけた瞬間、ヴォルフがおれとバッカのあいだに割って入った。

そのままおれの身体を抱《かか》えて、大きく跳《は》ねる。

そのおかげで、おれは棍棒《メイス》による一撃を喰らわずにすんだ。

けれど。

「ガラクタ屋あああっ!!」

バッカの攻撃は、ヴォルフの背中を的確に捉えていた。

「ごふっ……」

ヴォルフの口から血が漏《も》れた。

おそらくは、相当なダメージを内臓に受けている。

「大丈夫じゃ、お前も知っとるだろう……この齢《とし》になっても、頑丈《がんじょう》さでは誰にも負けんわい……」

「強がり言ってる場合じゃねえだろっ……！　〝スキャン〟!!」

〝オペオペの実〟の能力を使い、ヴォルフの体内を覗《のぞ》いた。

……肋骨《ろっこつ》が折れて内臓も損傷しているが、致命傷を負っているわけじゃない。

これなら、助けられる。

「余計な真似《まね》をするんじゃねえ、クソ親父いいいいっ!!」

だが手当てをする間もなく、バッカの追撃が来る。

ヴォルフを抱え、どうにか横っ跳びで攻撃範囲から逃れた。

「やめろ、ロー……この場でワシを治療しようなどとは考えるな……足手まといになるのは、ごめんじゃよ」

「くっ……」

「心配するな。ワシは死なん。お前のためにもガキどものためにも、簡単にくたばったりはせんわいっ！　……バッカを倒してこい。お前なら勝てる。この天才が、保証してやるわ」

「……分かった」

おれは、うなずくことしかできなかった。

「おお～う……まず親父の方が倒れたかあ～。あとはチビガキ一匹潰すだけ！　だいぶ楽な作業になっちまったなあ～」

すでに勝利を確信したかのように、バッカがいやらしく笑う。

「にやついてんじゃねェぞ。てめえはまだ、おれに一発も攻撃を当ててねェんだ」

「ゲパッ！　強がりだけは一丁前だな小僧～。なら、もう一度かかってこい。そのご自慢の刀でなあっ！」

冷静になれと、自分に言い聞かせる。

バッカだってどうにか立っているだけの状態だ。

おれの方は、さっきみたいな不注意さえなければ、やつの棍棒《メイス》を簡単に喰らうことはない。

有利なのはおれの方だ。

バッカと向かい合い、正面から斬りこむ。

「うおおおおっ!!」

交錯《こうさく》するおれとバッカ。

こちらは攻撃をかわし、相手は刀からの電撃をまともに喰らった。

行ける、このまま攻めれば、勝てる。

そう思った瞬間、右手の違和感に気づいた。

持っているはずの刀が、やたらに軽い。

「……っ」

刀に目をやって、おれは言葉を詰まらせた。

——刃が、ない。

「どうし、て」

「はあ~……何が起きたか分かってねえって顔だな、小僧」

呆然《ぼうぜん》としているおれに向けて、バッカが嬉《うれ》しそうに言った。

「お前、自分の攻撃が簡単に当たりすぎると思わなかったか?」

たしかに、この戦いが始まってから不自然に思っていた点がある。

バッカは、よけられるはずのタイミングでも、おれの攻撃を喰らっていた。

おれの足元に、折られた刃が落ちている。

よく見ると、その全体は錆《さ》びつき、腐食している。

それで、合点《がてん》がいった。

「ようやく分かったかあ～？　おれはお前の攻撃を喰らいながら、刀をもろくしていたのさ!!　……〝液化《トロカデロ》〟で液体になった時、おれはその酸性度をコントロールすることができる！　お前が刀での攻撃を始めた時から、おれは液体を強酸に変えていたのさ。それに気づかず何度も斬りつけたことで、刀の強度は下がり、あっさりと折れちまったんだ。つまりは、お前の無能がこの状況を招いたってことさ！　ゲッパッパアッ!!」

何も反論できなかった。

もっと早く刀の違和感に気づいていれば、対処できたはずだ。

油断していたつもりはない。

けれど、自分が有利だと思いこんでいたこともたしかだ。

それ自体が、バッカの罠だなんて考えもせずに。

「ふう～……強酸を使うのはだいぶ体力を消耗《しょうもう》するが……それでもこれで確定だ！　てめえの攻撃はもうおれに当たらねェ。ここからは！　おれがてめえを蹂躙《じゅうりん》するだけの時間だ！　ゲッパッパアッ!!」

ヴォルフは意識を失っている。

おれはもうバッカにダメージを与えられない。

——心臓がドクドクと、速い鼓動を刻み始めた。


コニー・ボアケーノのぶちかましを受け、ペンギン、シャチ、ベポは部屋の端まで吹き飛ばされていた。

「二人とも、無事かっ!?」

すぐさまペンギンが声を張り上げる。

「問題ねェ！」

「大丈夫だぞ！」

シャチとベポから威勢のよい返事がかえってくる。

三人とも、さしたるダメージは受けていなかった。

だがそれは、相手が弱いということを意味しない。

むしろ逆だ。

ただ突進しただけで、三人をまとめて吹き飛ばせるほどの筋力。

とんでもなく大きな体軀《たいく》。

身長は二メートルをはるかに超えているし、見たところ、体重もおそらく三〇〇キロはくだらないだろう。

だが何よりも驚くべきは、外見に似合わないそのスピード。

たっぷりと脂肪《しぼう》のついた肉体にもかかわらず、ボアケーノは三人が身をかわすこともできないスピードで突進してきた。

「……ただのデブじゃねェぞ」

「ああ。重くて、しかも速い」

「ひとりでおれたち三人を相手にしようとしてるんだ。強さには自信があるんだと思う」

それぞれが、的確にボアケーノの脅威《きょうい》を感じとっていた。

「ぶっひょっひょ！　見事に分断されてしまったでごわすなあ。ザコ三匹を狩るだけとは、楽な仕事でごわす！」

言い終わると同時に、ボアケーノは前かがみの姿勢をとって、重心を低くした。

「……っ！　来るぞ!!」

「〝発気《はつけ》宵《よい》〟!!」

先ほどと同じぶちかましを喰らわすべく、ボアケーノは三人に突進する。

言ってしまえば、それはただの体当たり。

洗練された技術も、特殊な能力もない、肉体だけを頼りにした攻撃だ。

けれど、ボアケーノの鍛え上げられた筋肉が、その体当たりを必殺の一撃へと変える。

「三人で押さえるぞ！」

ペンギンの瞬時の判断にしたがい、三人は正面から〝発気宵〟を受け止める。

さっきのような油断はなく、全員が一番力の入る体勢で相手の攻撃を防ごうとする。

なのに、止められない。

三人分の力を合わせても、ボアケーノの筋力にかなわない。

「がっ……！」

再び、背後の壁まで弾き飛ばされる。

「ぶひょ！　ぶひょ！　非力なガキどもでごわすなあ～」

「ペポ！　シャチ！　固まってたら駄目だ！　散り散りになって攻めるぞ！」

「「おう！」」

次の攻撃が来る前に、彼らは三方向に分かれ、ボアケーノを囲むような陣形をとった。

具体的な作戦はお互い伝えていない。

けれど彼らは三年以上のあいだ、ヴォルフとローから戦いの基礎を叩きこまれてきた。

複数人で相手を仕留めるにはどうすればいいか、戦闘における効率とは何か、どうすれば有利な立ち回りができるのか。

そういった戦術の基本も教わっている。

初めに、ベポが接近して拳法の技を繰り出す。

次に、槍を持ったペンギンが死角から攻撃を放つ。

最後に、シャチが手斧でとどめの一撃を入れる。

言葉を交《か》わさなくとも、そうしたコンビネーションを仕掛けることが最も効果的だと、三人は理解し合っていた。

「ガキどもが浅知恵を使ったところで、わしには勝てんでごわすよ。さて、どいつから殺すでごわすか……」

「アイアーイ！　まずはおれが相手になるぞ！　かかってこい、この百貫デブ!!」

ぴたりと、ボアケーノが動きを止めた。

「おう、白クマ……わしのことをデブと言ったでごわすな？　……それは相撲取りに対する最大の侮辱《ぶじょく》！　貴様から肉片に変えてやるでごわすううう っ!!」

怒りで全身を赤くし、鼻息を荒くしたボアケーノがベポに襲いかかった。

「あちょー！」

向かってくるボアケーノのどてっ腹に、ベポは回し蹴りを叩きこんだ。

威力、スピードともに申し分のない一撃であるはずだった。

だけど、ボアケーノはまったく堪《こた》えている様子を見せない。

ベポもすぐに、そのことに気づいた。

回し蹴りの威力が、ボアケーノの分厚《ぶあつ》い脂肪によって完全に殺されてしまっている。

ボアケーノの勢いは止まらない。一直線にベポに向かってくる。

「喰らうでごわす……〝怒洲恋《どすこい》〟‼」

強烈な張り手が、ベポの頭部を打った。

「うあ……」

それだけで、ベポは軽い脳震とうを起こしてしまう。

ペンギンとシャチは即座に作戦の失敗を理解し、攻撃を止《や》めようとするが、すでに遅かった。ボアケーノは機敏な動きで回転し、二人に張り手を叩きこむ。

「〝怒洲恋〟！　〝怒洲恋〟！　〝怒洲恋〟‼」

嵐のような勢いで、ボアケーノは連打を繰り出す。

それはあたりの大理石の柱や近くの壁を破壊しながら、ペンギンとシャチをも捉え、吹き飛ばした。

柱が崩れ、神殿そのものにダメージが加わったのか、突然、天井が崩落《ほうらく》した。

運よく、崩れてきた瓦礫《がれき》の下には誰もいなかったものの、簡単にひとつの建物を壊してしまえるボアケーノの怪力に、それぞれがおののいた。

「シャチ、大丈夫か……」

「なんとか生きてるぜ……」

ペンギンとシャチが互いに声をかけ合う。

しかし、二人とも張り手をまともに喰らった影響で、満足に身体を動かせる状態ではなかった。

「けど、まずいなこりゃ。ベポの拳法が効かないってなると、おれかお前が倒すしかないぜ」

「だな。でもどうやってあいつの突進を止める？　おれの槍でもお前の斧でも、一発であいつの肉を断《た》つのは難しいぞ」

「こっちに隙ができた瞬間に、もう一回攻撃を受けたらお陀仏《だぶつ》だな」

「でもまあ、諦める、ってわけにはいかねェよなあ……！」

「当たり前だ。ここでおれたちがやられたんじゃ、じいさんとローさんに面目《めんぼく》が立たねェ……！」

ふらつく身体で、二人はどうにか立ち上がった。

「ぶっひょっひょ！　惨めでごわすなあ」

見下すようにして、ボアケーノが言った。

「ヴォルフにたぶらかされた結果として、お前たちは苦しんで死んでいくのでごわすよ！

「ぶひょ！　まったく惨めな老人と惨めなガキども！　笑いが止まらんでごわすなあ!!」

腹を抱えて高笑いするボアケーノ。

それを、ペンギンとシャチは凍《い》てつくような目で見つめていた。

「……に、するな」、ペンギンが小さく声を出した。

「おん？　何か言ったでごわすか？」

「ヴォルフを、馬鹿にするなあっ！　じいさんは、親に死なれたおれたちを育ててくれた……本当の子どもみたいに優しくしてくれた……その人を、てめえなんかが笑うんじゃねエっ!!」

「ぶっ！　ぶふっ！　お前たち、『親なし』でごわすか！　あーひょっひょ！　一層あわれでごわす！　これは笑えるでごわすよ！　本当の子ども？　馬鹿言ってるんじゃないでごわす！　ヴォルフはただ、お前たちを体《てい》のいい労働力として使っていただけでごわす！　お前たちは、結局誰からも愛されなかったんでごわすよ!!」

ペンギンとシャチは、ただ黙っていた。

動揺はない。

ボアケーノが何を言おうと、彼らが感じてきた〝真実〟に変わりはない。

――おれたちは、ヴォルフに愛されている。

その〝真実〟が、安い罵倒《ばとう》で揺らぐことなどあり得ない。

彼らの胸にあるのはただ、静かな怒り。

ヴォルフを蔑《さげす》み、仲間を傷つけ、そして自分たちの欲望のままに町の人たちの命を奪おうとしている敵への怒りだけだ。

「シャチ」

「ん？」

「おれは、キレたぞ」

「ああ。おれも同じだ」

「意地でも、あいつ、ぶっ倒すぞ」

「その意見も、同じだ」

なんの合図もないままに、シャチとペンギンは同時にボアケーノへ飛びかかった。

距離を詰めさせてはいけない。

やつが張り手やぶちかましをしてくる前に、こちらの武器を叩きこむ。

「おおおおおっ！」

ペンギンが槍を振るう。高速で回転し、遠心力の加わった攻撃がボアケーノの肩に突き刺さった。

「らあああああっ！」

その直後、今度はシャチが跳ねる。右手に持った斧が、ボアケーノの右腕深くに食いこんだ。

手応えはあった。

けれどボアケーノは止まらない。

ペンギンとシャチの攻撃は、肉と脂肪の壁にさえぎられて、決定的なものになってはいなかった。

「ガキども……わしの美しい肉体に傷をつけた罪は、重いでごわすよ!!」

ボアケーノは距離をとろうとした二人を逃がさず、両手でがっしりと捕まえた。

「おしおきでごわす……〝横綱破裂式《ヨコヅナボンバー》〟!!」

巨体が高く跳ね上がった。

ボアケーノはシャチとペンギンの首を抱えたまま天井付近まで飛び上がり、そのまま自分の重さを活《い》かして、二人を押し潰すかたちで地面に落下する。重量三〇〇キロを超える男の下敷きになった二人は、ピクリとも動かない。

「くふう……これが相撲の力でごわす! 弱い自分と、ろくでもないジジイを恨《うら》みながら死んでいくがいいでごわす……」

骨は何か所か折れている。

地面に叩きつけられた頭はぐわんぐわんと揺れている。

——それでも、ペンギンとシャチは立ち上がった。

「ぬあっ!?」

“横綱破裂式《ヨコヅナボンバー》”はこれまで多くの難敵を葬《ほうむ》ってきた、ボアケーノにとって最強の技。それをまともに受けても二人は立ってくる。

気味が悪い、とボアケーノは思う。

まるでゾンビのようだ。

ぶちかましも、張り手も、必殺技もやつらに十分なダメージを与えているはずだ。

なのに、相手は生きている。

初めてボアケーノは、ペンギンとシャチにかすかな恐怖を抱《いだ》いた。

だがそこで、ボアケーノの視線がベポの姿を捉えた。

「ぬふっ……」

ボアケーノがいやらしく笑う。

「まだ行けるな、シャチ」

「当たり前だ。絶対、あいつの脳天に一撃入れて……って、おい! ベポのやつは何やってんだ!?」

ペンギンの視線の先にいるベポは、上を向いたままボーっと座りこんでいる。

「のんびり月見てる場合じゃねえぞ!? やべェ! あのままじゃ、相撲取りに狙い撃ちされる!!」

事実、ボアケーノはすでにベポへと狙いを定めていた。

あの様子じゃ〝発気宵〟はかわせない。

岩をも砕くぶちかまし。

それを当てれば、確実に無防備な白クマの命を絶《た》つことができる。そう考え、ボアケーノは前傾姿勢をとった。

だがその瞬間、彼の身体に奇妙な悪寒《おかん》が走った。

「……なんで、ごわす？」

戦士としての直感が、ボアケーノの動きを止めた。

天井に開いた穴から、ベポは空を見上げている。

まともに意識があるのかすら定かではなく、どこからどう見ても隙だらけだ。

夜の闇《やみ》を深くした空に雲はなく、鮮やかな月が輝いていた。

美しい円を描いた満月だ。

「ベポ、そこから離れろおおおっ！」

「ボアケーノに狙われてる、逃げろおおおっ！」

シャチとペンギンが吼える。

けれど声は、ベポの耳に届かない。

満月に魅入《みい》られたかのように、ベポの眼は大きく見開かれたまま空を見つめていた。

「ふんっ！　……何か不気味なものを感じたが……そんなものは気のせい！　このままあの世に送ってやるでごわすっ！　〝発気宵〟!!」

今度こそ、ボアケーノの巨体がベポに向かっていく。

「「ベポおおおおおっ!!」」

シャチとペンギンの叫びも虚《むな》しく、巨漢がベポを押し潰す。

——そうなる、はずだった。

「な、に……？」

驚きの声はボアケーノのもの。

それもそのはず。

ボアケーノの〝発気宵〟は、ベポの突き出した右腕によって、完全に止められていた。

「アオオオオオオオオオオオオ!!」

ベポが叫んだ。普段とは似ても似つかない、荒々しい声で。

それと同時に、ベポの姿が変化していく。

ズン、と大きな音を立てて、体軀が巨大化していく。

背丈《せたけ》はボアケーノをはるかに越し、おそらくは三メートル以上になっているだろう。

全身の白い毛が長く伸び、その巨体を覆《おお》っている。

それは、ある種の神々しさすら伴《ともな》う姿だった。

目の前で何が起きているのか分からず、シャチもペンギンも、ボアケーノでさえも呆然《ぼうぜん》としていた。

――これこそが〝月の獅子《スーロン》〟。

満月を見ることで、記憶の奥深くに封じられている野性に目覚めた、ミンク族の戦闘形態。

「ペンギン、こいつは、どうなってんだ……？」

「ベポがでっかくなったってことくらいしか、分かんねェよ……けど、これに賭《か》けるしかないだろ！　ベポっ！　そのまま、相撲取りをぶっ潰しちまえっ!!」

言葉を理解しているのかどうか定かではないが、ペンギンの呼びかけに応《こた》えるように、ベポはボアケーノを睨みつけた。

「ヴォアアアアアアア!!」

そのまま、腕を振り下ろしてボアケーノを攻め立てる。

自身に向かって繰り出される打撃を、ボアケーノは必死の形相《ぎょうそう》で防いだ。

「ぬううううう……」

先ほどまでとは、重みが違う。

まともに喰らえば、タフであることを誇る自分でも、意識を刈り取られるだろう。

過去の戦闘経験が、ボアケーノの危機意識を最大限に引き出した。

「〝怒洲恋〟‼」

べポの攻撃に真っ向から応じるようにして、ボアケーノは張り手を繰り出す。

「ヴォオオオオオオオ‼」

「〝怒洲恋〟‼　〝怒洲恋〟‼　〝怒洲恋〟‼　〝怒洲恋〟‼」

傍目《はため》からは互角に見える、打撃の応酬《おうしゅう》が始まった。

べポもボアケーノも、一度決まれば相手を仕留められるだろう打撃を連打する。

スピードもパワーもほぼ互角。

互いが互いの攻撃を相殺《そうさい》するようなかたちで、戦いは続く。

しかし。

何も考えずに暴走しているべポと、突然の出来事に動じつつも冷静に状況を判断していたボアケーノとの差が、表に出た。

「ここでごわす‼」

べポの攻撃が大ぶりになった。

その隙を見逃さず、ボアケーノはさながら相撲で相手のまわしをとるように、べポの懐《ふところ》へ入り、腰をがっしりと摑んだ。

「ウヴォオオオオ……」

「もらったでごわすううう‼」

ベポを抱え、ボアケーノが高く舞い上がった。

「〝横綱破裂式《ヨコヅナボンバー》〟!!」

ベポの関節を完全に封じ、そのまま地上へ落下し圧し潰す。

ボアケーノはこの瞬間、勝利を確信していた。

おそらく、そうなっていてもおかしくはなかったのだ。

ただ、彼はひとつ見誤っていた。

――生まれながらの戦闘種族であるミンク族の本能を。

今のベポに理性はない。

ゆえに、複雑な思考があったわけでもない。

彼は、自分が地面に叩きつけられることに危機感を覚えただけ。

けれど、それで十分。

戦士としての本能が、その場における最適な行動をとらせた。

「ヴァアアアアアアアア!!」

落下する最中、ベポは溜《た》めていた力を一気に解放した。

ベポの体重は、ボアケーノのそれを上回っている。

そして、自身の体重を利用して相手を潰す〝横綱破裂式《ヨコヅナボンバー》〟はボアケーノにとっての必殺技だ。

だからこそ、生まれる誤算。

必殺の技であるがゆえに、立場が入れ替わった時、それは自《みずか》らを殺す決定的な刃となる……！

「ンンンンンヴァアアア‼」

ベポは巨大な咆哮《ほうこう》とともに、極《き》められた関節を空中で外《はず》し、自分とボアケーノの位置を入れ替えた。

それはすなわち――ベポによるボアケーノへの〝横綱破裂式《ヨコヅナボンバー》〟となる……！

「ぬううううっ‼」

「ヴォオオオオオオ‼」

――ベポの全体重を受けるかたちで、ボアケーノは地面に落下した。

「が、がふ……」

タフさが売りの相撲取りであろうと、自身の最強の技をその身で喰らうことになるとは想定していなかっただろう。

「ま、まずいでごわす……まずいでごわすうううっ‼」

これ以上、ベポのそばにいるのは危険だ。

あとでバッカに罰《ばつ》を受けることになってもいい。

とにかくこの場から離れなければならない。

そのように判断したボアケーノは、強靭《きょうじん》な足腰を活かして大きく後ろへ跳んだ。

――それこそが、最大の失策であるとも気づかずに。

「なあ、シャチ」、とペンギンが言う。

「なんだよ、ペンギン」、とシャチが応える。

「なんか飛んでくるな」

「ああ。ぶっとばしたい何かだな」

「おれ、右な」

「じゃあ、おれ、左」

慌《あわ》ててベポから逃げたボアケーノは、どうやら後方が見えていなかったらしい。

にやりと笑う二人組が待っていることに、気づけなかったらしい。

「いち！」

「にの！」

「「さんっ!!」」

槍と斧を大きく振りかぶり、残った力のすべてをそこにこめる。

ガキンという音とともに、ペンギンとシャチの打撃が、ボアケーノの頭部を直撃した。

「ぶ。ぶひょ……こんな……ぶひっ……」

巨体は、そのまま崩れ落ちた。

シャチが急いで確認すると、完全に意識を失っている。

「まあ、これくらい」

「おれたちにとっちゃ、当たり前」

そう言葉を交わして、二人はパーンと手を叩き合った。

ここに、ボアケーノとの戦いは終わった。

けれど。

「ヴォアアア！　ンヴォアアアア!!」

――ベポはいまだ、暴走状態にあった。

「ちょっと待て！　あいつ、敵を倒したことにも気づいてないのか!?」

「あれ、本能だけで動いてるんじゃないか？」

「止めるしか、ないな……」

「けど、どうやって!?　今のベポを羽交《はが》い絞《じ》めにしても、こっちがやられるだけだぞ！」

眉間に指を当てて、ペンギンはしばし考えこんだ。

「満月だ」

「は？」

「巨大化する前、ベポのやつはずっと満月を見つめてた。見ろ。今だって、何秒かに一回、空の月に目をやってる」

「試してみるしか、ないか」

「ああ」

ベポは暴れ狂いながら、部屋の壁や柱を次々に破壊していく。

このままじゃ、この神殿ごと崩れてしまうだろう。

今のペンギンとシャチの体力では、そんなことになったら当然生き残れない。

「ペンギン、これ使え」

そう言って、シャチはキャスケット帽を手渡した。

「分かった。じゃあ、跳ぶのはおれってことでいいな？」

「ああ」

「じゃあ、遠慮なく肩を蹴らせてもらうぜ！」

二人は同時に走り出した。

少しだけ、シャチの方が先行している。

そうして、シャチが暴れているベポの間合いに入る直前。

「今だ、ペンギン！」

「おうっ！」

前方を駆けるシャチの肩を踏み台にして、ペンギンが高く跳んだ。

そのままベポの頭部にしがみつき、背面に回ってシャチのキャスケット帽と自身の帽子で両目をふさぐ。

「これで……どうだあっ！」

ベポの視界は完全にさえぎられた。

ベポは暴れ回るが、ペンギンは帽子を押さえた手を放さない。

そして数秒後——ぴたりと、ベポの動きが止まった。

それと同時に、巨大化していた身体が元のサイズに戻り、伸びていた毛も短くなってい
く。

狙いは、成功した。

「おい、ベポ！　生きてるか‼」

ベポの頰《ほお》を叩きながら、シャチが呼びかける。

「ん、んんー……あれ、ペンギン、シャチ……おれ、どうなったんだ？　あのボアケーノ
ってやつは？」

その声を聴いて、ペンギンとシャチは大きく安堵《あんど》のため息をついた。

「ボアケーノはおれたちが倒しといた」、とペンギンが適当な調子で言う。

「えっ！　マジかよ⁉　すげーな、二人とも……おれの拳法なんかまったく効かなかった
のに……」

「いや、お前は十分すげェ仕事をしたぞ」、とシャチが言う。

「ま、そうだな」、とペンギンが笑う。

「でもまあ、細かい話はあとにしようぜ」

「そうだな。もう、マジで疲れた」

そこまで喋《しゃべ》って、ペンギンとシャチはあおむけに倒れた。それに続いて、暴走によって体力を使い果たしたベポもその場にへたりこむ。

全員、もう指の一本も動かせないという感じだ。

「なあ。シャチ、ベポ」

「ん？」

「なんだ？」

「おれたちの、勝ちだぜ」

シャチとベポは一瞬キョトンとした後、ペンギンと一緒に高らかな声で笑った。

だが、まだやるべきことは残っている。

「……行こうぜ、ローさんとヴォルフのところへ」

ペンギンの言葉にシャチとベポはうなずきを返した。

身体を引きずるようにして、ゆっくりと仲間の元へ向かう。

彼らの勝利を、信じながら。

バッカは着実に、おれの体力を削りに来ていた。

……勝《か》ち筋《すじ》が、見えない。

それでも、逃げるという選択肢《せんたくし》は初めから存在しない。

おれはあの人たちを助けると決めた。情が芽生えたのか、医者としての心理なのかは分からない。

たしかなのは、その決意を棄《す》てた瞬間に、おれがおれじゃなくなるってことだけだ。

頭を使え。脳みそをフルに回転させろ。

どうにかして、目の前の敵を倒す手段を思いつけ。

「ほお〜う……まだ随分と元気じゃねェか。だったら、てめえにさらなる絶望ってやつを教えてやるよ」

そう言うと、バッカは大きく息を吸いこんだ。

おれは、やつの棍棒《メイス》が届く範囲の外にいる。

攻撃は届かないはずだ。

「〝デロデロの実〟の能力を舐めるなよ、小僧！　こいつで死ねい！　〝すべてを溶かす愛《メルティラヴ》〟!!」

瞬間、バッカの口から青白い光線が放たれた。

「くっ！」

身体を強引にねじるようにして、光線をかわした。

背後を見ると、壁には大きな穴が空《あ》き、石材の部分がジュウジュウと音を立てている。

「ゲッパッパア！　おれの〝すべてを溶かす愛《メルティラヴ》〟は、強酸を吐《は》き出《だ》しすべてを溶かす光線だあ！　はあ……てめえは、いつまでこれをかわせるかな……？　〝すべてを溶かす愛《メルティラヴ》〟!!」

もう一度バッカは息を吸いこんで、光線を吐いた。

おれに向かって一直線に飛んでくるそれを、横に跳ねることでよける。

「〝すべてを溶かす愛《メルティラヴ》〟！　〝すべてを溶かす愛《メルティラヴ》〟！　〝すべてをを溶かす愛《メルティイイラヴッ》〟!!」

連続で放たれる光線。

おれの方はよけるだけで精一杯だ。

だから――

「終わりだ」

――バッカが接近していることにも、気づけなかった。

「ゲパアアアアッ!!」

棍棒《メイス》で横殴りにされ、そのままおれは壁際《かべぎわ》まで吹っ飛ばされた。

「がっ……は……」

思いっきり、胸を殴られた。

まともに呼吸ができない。

手足にも力が入らない。

ああ、こうやって寝転がってると、心臓の音がうるさいくらいに聞こえてくる。

心臓の鼓動、血液が流れる音、呼吸音、身体を流れるかすかな電気。

……電気？

「ぜはあ……ぜはあ……おしまいだなあ、小僧！　所詮《しょせん》、お前とは踏んできた場数も覚悟も違うのさ！　ここからだ！　潜水艦を大金に換え、おれは偉大な海賊となる！　くだらねェ愛やら正義やらを、こうやって踏みにじりながらなあっ!!」

「……よお」

ささやくような声で、おれはバッカに問いかけた。

「それが、お前が目指す海賊なのか……？」

「あん？　そうさ！　奪い、殺し、支配する！　それこそが海賊の在《あ》り方《かた》だ！　自由に生き！　自由に殺す！　最高じゃねえかっ!!」

「それが、お前にとっての自由なんだな」

「あん？　当たり前のことを訊くんじゃねえよ。欲望のままに生き！　欲望のままに食らう！　これが自由でなくてなんだ？　おれは強い！　強いからこそ、欲望をすべて実現させることができる！　偉大な海賊ってのはそういうもんさ！」

「そうか」

不思議と、おれの心は凪《な》いでいた。

殺されることへの恐怖も、バッカに負けることへの不安も、今はまったく感じない。

ああ、おれは勘違いしていたらしい。

たしかにこいつには、覚悟がある。

「今」抱えている欲望を何がなんでも叶《かな》えようとする覚悟がある。

そのことに、おれは気圧されていた。

コラさんの本懐《ほんかい》も、自分のやりたいことも、全部を「いつか」と後回しにしていた自分がバッカに劣っていると感じていた。

けど、そうじゃねェ。

「今」だろうが「いつか」だろうが、そこに〝本当の自由〟がなければ、なんの意味もないんだ。

おれはまだ、自由が何かを知らない。はっきりとした理想を持ってるわけじゃない。

それでも。

コラさんがおれに祈った自由が、バッカの言うようなくだらないものじゃないことを知っている。

人を踏み潰して、自分の欲望のおもむくままに動くような真似が、〝本当の自由〟に繫《つな》がらないことを知っている。

ようやく、おれは覚悟を決めることができた。

——目の前の敵が口にする薄汚い自由を、ぶっ潰すっていう覚悟が。

呼吸を落ち着かせ、おれは立ち上がった。

「おお～う？　最後の悪あがきかあ……いいぜ！　てめえの望み通り！　完全なとどめを刺してやるさ！　ゲッパッパアッ‼」

おれはバッカの方に身体を向けた。

相手はすでに攻撃体勢に入っている。

「神様にでも祈っておきな！　〝すべてを溶かす愛《メルティラヴ》〟‼」

バッカの口から光線が放たれた。

けれど恐れる必要はない。

この場所はまだ、おれの〝ＲＯＯＭ〟の範囲内だ。

「〝シャンブルズ〟」

手にしていた刀の柄を前方に投げ、おれは能力を使った。

またたく間に、刀の柄と部屋にあった大岩の位置が入れ替わる。

当然、バッカの光線は目の前の大岩を直撃する。

「はっ！　そんなもの、〝すべてを溶かす愛《メルティラヴ》〟を受ければあっさりと溶け……溶け……溶けないいいいいっ⁉」

光線は、岩の中心あたりで掻《か》き消えた。

そのタイミングで、岩を飛び越えるようにしてバッカの懐へと潜《もぐ》りこむ。

「てめえが言ってたことだろ。強酸を使うのは体力を消耗するってな。これが最初の一発だったら、おれは岩と一緒に溶かされてた。けど、光線で空いた穴の大きさがだんだん小さくなってるのを見て分かったのさ。てめえの光線にはもう、十分な力がないってな」

「そ、それがどうしたあっ！　おれが有利な状況にはなんの変わりも……」

「そうだな。おれに攻撃手段が残っていなければ、勝負はてめえの勝ちだった」

バッカに物理攻撃は効かない。

今のところ確認できている有効な攻撃は、ヴォルフに渡された電撃をまとった刀によるものだけ。

けど、刀が折れたからって、おれが電気を使えなくなったわけじゃないんだ。

人間の体内には、微弱な電流が流れている。

おれはそれを感じとることができる。

意識のすべてを、右手の親指へと向けた。

全身の電気を、親指へと集め、凝縮《ぎようしゆく》し、増幅させる。

「てめえの安い覚悟に負けるわけにはいかねェ。金と権力を欲しがるだけの覚悟なんかに屈したら、コラさんに申《もう》し訳《わけ》が立たねえんだよ」

バチバチと、弾けるような音が鳴る。

溢《あふ》れ出《で》る電気で、親指が光り出す。

これが、最後の一撃。

「ま、待てえっ!!」

「喰らいな……〝カウンターショック〟!!」

右手を前に突き出し、電気を帯びた親指をバッカに突き刺した。

液状になっているバッカの全身に、強力な電流が流れる。

「ゲパアアアアアアアアアアッ!!」

光が、爆《は》ぜた。

ぷすぷすと肉の焼けるような音がした。

そのままバッカは、一言も発することなく倒れた。

「終わりだ」

勝負はついた。

これで町の人たちも、〝溶解波《デロリンパ》〟の能力から解放されるだろう。

ただ、おれの方もすぐには動けそうにない。

座りこんで、大きく安堵の息をついた。

ふと、意識を取り戻したヴォルフがこちらに歩いてくるのが見えた。

いや、おれの方に向かってきてるんじゃない。

じいさんは、倒れているバッカのそばに座り、懐に忍ばせていた短剣を取り出した。

そして、そのままバッカの胸に短剣を突き刺そうと――

「やめろよ」

――振り下ろそうとしたヴォルフの腕を、おれは摑んでいた。

「放せ、ロー」

「殺すつもりか」

「そうじゃ」

「完全に気を失ってる。これ以上、何かする必要はねェだろ」

「ワシには責任がある。二十年前も、今回も、バッカによって町とそこで暮らす人々が危険にさらされた。ワシは、償《つぐな》わなければいかん。だから、その手を放せ」

「放さねェよ」

ヴォルフが考えてることなんか、おれには分からない。

どれだけの罪悪感があるのか、葛藤《かっとう》があるのか、苦しみがあるのか、おれがちゃんと理解してるわけじゃない。

それでも――

「あんたは、こいつの家族だろうが」

絶対に、この手を放してはいけないという確信だけがあった。

「どれだけ外道《げどう》に成り下がったとしても、バッカとあんたは親子だ。理由なんて、それだけで十分だ。……おれの恩人は、実の兄に殺された。もう、家族が家族を殺すところなんて、おれは見たくない」

ヴォルフは何も言わなかった。

おれもそれ以上、言葉をかけなかった。

やがて、握っていたヴォルフの手から、短剣が滑り落ちる。

ヴォルフは自分の顔を手で覆い、それから涙を流した。

じいさんがこんな風に静かに泣くってことを、おれは初めて知った。

「ローさん！　ヴォルフ！」

ヴォルフの涙が止まるのと同じタイミングで、ぼろぼろになったベポたちが広間に入ってきた。

「ひでェ面《つら》してやがるな、お前ら」

「ローさんだって、似たようなもんだよ」、とベポが笑った。

「おれの活躍見せたかったぜ！」、とシャチがはしゃぐ。

「みんな無事でよかった！」、とペンギンが顔をほころばせる。

まあ、なんにしても。

「おれたちの、勝ちだ」

そう言って、おれはみんなと手のひらを打ち合わせた。

そこからは怒濤《どとう》の展開だ。

意識を取り戻した町の人たちが神殿に押し寄せ、ラッドを中心にバッカとボアケーノを縄と鎖《くさり》できつく拘束《こうそく》した。

「助けられてしまったな」、とラッドがこちらを見る。

「別に。ただの気まぐれだ」、とおれは答える。

数時間後、連絡を受けた海兵たちが神殿にやってきて、バッカとボアケーノを連行していった。

これで本当に、戦いは終わったんだ。

ただし、それですぐに祝賀会を開くというわけにはいかなかった。

おれたちは全員、そのまま入院することが決まった。

仲良く全治一週間だ。

勝利の喜びも何もあったもんじゃない。

しかも「揃《そろ》ってると勝手に騒いだり遊んだりしそうだから」という先生の判断で、おれたちは全員別の部屋に入れられることになった。

余計に退屈だ。

けど、それはおれにとって悪い時間じゃなかった。

ひとりベッドに寝転んでいるあいだ、たくさんのことを考えた。

「今」、おれは何をしたいのか。何を、するべきなのか。

——そうしておれは、ひとつの決意を胸に宿した。


「ひょー！　久しぶりの我が家だぜっ！」

ペンギンがテンション高く声を上げる。

一週間の入院を終え、全員まとめてラッドに送ってもらうかたちで帰宅した。

「これでまた、いつも通りだね！」、とベポが声をかけてくる。

「そうだな」

それが当然という風に、おれは返事をした。

「なあ、じいさん」

「ん、なんじゃ？　腹でも減ったか？」

「いや……ちょっと話したいことがあるんだけど、いいか」

「……ああ、かまわんよ」

おれとヴォルフは家を出て、そのまま近くにある原っぱに向かった。

少しだけ雪が降っていて、風はだいぶ冷たい。

「三年じゃなあ」、とヴォルフが言った。

「最初にお前を拾って、そこからさらに三人ガキが増えて……まったく、やかましい毎日になったもんじゃ」

「へっ。お人よしってのは、損するようにできてるんだよ」

「だがまあ、悪くない時間じゃった。大勢でにぎやかに食卓を囲むのが当たり前になるなんて、ずうっと長いあいだ、考えたこともなかったからな」

「なんだよ、急にしめっぽい話しやがって」

「ロー、お前、島を出るつもりじゃな」

「……っ！」

「ふん。伊達にお前がチビだった頃から面倒を見てきたわけじゃないわい。何かを決意したような表情、それにわざわざワシだけを外に連れ出すってのは、それだけ大事な話があるんだろうと、簡単に予想できる」

「じいさん」

「ん」

「おれは、海に出る。海賊に、なるぞ。海賊になって、経験を積んで、力をつけて、コラさんの願いを叶える。バッカみたいには、ならない。おれは信念を曲げずに、あんたを失望させないような海賊になってみせる」

「そうか」

「反対、しねェんだな」

「海賊の世界はおっかないもんじゃ。荒れ狂う海、不安定な天候、食料や水の不足、凶悪な敵との戦い、そして仲間とのいさかい……そういったものが原因で、心を荒《すさ》ませてしまう者も少なくない。……バッカのようにな。それを分かった上でお前が決めたことなら、ワシは止めたりせんよ」

ヴォルフの声はやわらかかった。

まるで巣立つヒナを見送ろうとするかのような。

「じいさん、おれはあんたに助けられて、たくさんのものを手にした。友達と呼べる連中ができた。生きることの楽しさを教えてもらった。けど、そういう暮らしの中でも、自分の胸にドス黒い『よどみ』みたいなものが残ってるって分かるんだ。ドフラミンゴへの憎しみや、コラさんの願いを叶えなければいけないっていう焦《あせ》りが、おれを責《せ》め立《た》ててくる」

「一度抱いた憎しみや悲しみは、そう簡単に消えるもんじゃない。それは、二十年間苦しんできたワシが、一番よく分かっておる」

「このままじゃ駄目だと思った。おれは『いつか』ドレスローザに行けばいいと、なんとなく考えてた。けど、バッカと戦って思ったんだ。〝本当の自由〟が知りたいって。コラさんが伝えたかった自由の意味を、おれはちゃんと理解しなくちゃいけねェ。だから、おれは『今』、海に出る。そうしなきゃいけないって、思うんだ」

それからおれたちは、しばらくのあいだ草むらに座っていた。

会話はない。

しんしんと雪が降り積もる様《さま》を、ただ黙って眺《なが》めていた。

「あいつらには、いつ話すつもりじゃ」

「今日の夜、話すさ。あいつらがどういう反応をするのかは分からねェ。けど、ついてきてくれるかどうかは、訊いてみようと思う」

「……出発は、いつじゃ」

「一週間後だ。この島でやっておくことがあるからな。町の連中……世話になった先生やラッドには、ちゃんとあいさつをしておきたい」

「寂《さび》しくは、ないのか?」、ヴォルフが横を向き、おれに尋ねた。「お前は、あの町を気に入っていたじゃろう。辛《つら》く思う部分もあるんじゃないのか」

「何も感じないってわけじゃねェよ。けど、感傷に引きずられて、自分のやるべきことにブレーキをかけるってのは違うだろ」

「そうじゃな。……だいぶ冷えてきた。そろそろ戻るぞ」

「なあ」

「うん？」

「あんたは……また海賊をやりたいとか、思ったりしないのか？」

「ワシはここに残るさ。なんだかんだで、ワシはこの島も、町も、気に入っている。発明に精を出して、たまに町に出かけるような暮らしが性《しょう》に合っとるんじゃ。海賊としての冒険は、お前らガキんちょどもに任せるとするわい。カッカッカ！」

淡々とした足取りでヴォルフが歩いていく。

その後ろをおれはついていく。

もっと言うべきことがあるように想《おも》えた。

けど、それは最後まで、上手《うま》く言葉にならなかった。

その日の夜、晩メシを済ませて部屋に戻ってから、おれはペンギンたちに自分の考えを話した。相当驚かれるだろうと予想してたが、仲間たちは意外と冷静だった。

「ローさんがなんか考えてることくらい、最近の様子を見てれば分かったもん。海賊ってのはちょっとびっくりしたけど、取り乱したりはしないよ」、とベポが言う。

「おれは、一週間後に島を出る。で、だな。お前たちはどうしたい？」

できるだけ自然な調子で、おれはみんなに訊いた。

「何も強制はしない。これまで通り、じいさんと笑いながらメシを食って、町で楽しく働いてたっていいんだ。ただ……その、なんだ……もしお前らが一緒に来てくれるっていうんなら……それは、すごく助かる……」

さらっと誘うつもりだったのに、やたら言葉に詰まってしまった。

想像してたより、照れくさいし緊張する台詞だったらしい。

「おれは行くよ！　おれも一緒に海に出る‼」

少し間をおいて、ベポが声を上げた。

「おれもローさんと一緒だよ。航海術を勉強して、拳法やって強くなって、それで『いつか』兄ちゃんを探しに行ければいいなって、ぼんやり思ってた……でもおれ、気が弱いから自分じゃずっと決断できなかったと思う。だから『今』！　ローさんについていく！おれも、ちゃんとおれのやるべきことを果たしたいんだ！」

ふっ、と小さく笑いがこぼれた。

ベポが必死に自分の想いをぶちまけてくれたことが、なんとなく嬉しくて。

「おれも行く!」

「おれもだ!」

続けざまに、ペンギンとシャチが言った。

「おれもシャチも親が死んでから荒んでた……でもローさんとヴォルフが面倒見てくれたおかげで、今は毎日が楽しいんだ。ただ、おれはローさんの話を聞いて、わくわくした!この島の外、海の向こうにどんなことが待ってるのかって考えるだけで胸が高鳴った!だから、おれはローさんについてくよ」

「おれもペンギンと同じだ。なんて言うか、ボアケーノと戦って倒した時、すげェ胸がスカッとしたんだ。怖《こわ》かったし一歩間違えれば死んでた状況だけど、おれでもでっかいことがやれるんだって、そう思えた。だから! おれも冒険に出たい! ローさんと、ペンギンと、ベポと。もっと熱くなれる何かに出会いたい!」

本心からの言葉だと、思った。

だったら、おれはこいつらの想いを信じるだけだ。

「ああ、これからも、よろしく頼む」

それだけを、告げた。

「船はどうするんだ?」、とペンギンが訊いてくる。

「町で探してみるつもりだ」

「どうせだったらデカい船を買おうぜ！　百人乗れるくらいの！」

「そんな金ねェよ。四人での船出だ。小型の船で十分だ」

それからおれたちは、理想の海賊船について語り合った。

「でもよ、ローさん」、不意に、シャチが小さな声で言った。「ヴォルフを、ひとりにしちまうな」

「……仕方ないことだ。あいつにはあいつのやりたいことがある。生きてれば、別れなきゃいけないこともある。仕方のない、ことなんだ」

「そう、だよな……」

そんな風に言いながら、おれもシャチと同じように、どこかもやもやした気持ちを抱えていた。

けど、それにとらわれてしまうのはよくないことだろうと、そんな気がした。

ヴォルフの部屋に行って、全員で海に出ることを伝えた。

ヴォルフは小さく、そうか、と言うだけだった。

そのままおれは自分たちの部屋に戻り、何も考えずに眠った。

それからの一週間、おれたちはこれまでと同じような暮らしを送った。

朝起きて全員で食卓を囲み、ヴォルフは研究所へ向かい、おれたちは町に行く。

職場の人に事情を説明してから、これまでの恩を返すつもりで、全力で働く。

そうして夜になったら家に戻り、また馬鹿騒ぎをして、疲れたら寝る。

誰もそのあいだ、海賊の話題は出さなかった。

出航に使う木造の安い船を、町で買ったくらいだ。

ヴォルフもベポもペンギンもシャチも、そしておれも、これまでと同じように、笑い合い、くだらないことに文句を言い合ったりしながら、一緒にいられる時間を目一杯楽しんでいた。


出航の前日になって、おれたちはヴォルフの研究所に呼び出された。町での仕事を終わらせ、お世話になった人たちに最後のあいさつをしてから、研究所へと向かう。

「おう、来たか」

「なんだよ、こんなとこに呼び出して。はっ！　……てめェ、まさか海に出る前に、おれたちに妙な実験をしようとしてるんじゃ……」

「あほう！　どんなマッドサイエンティストじゃワシはっ!!　ええい、くだらないことを言っていないで、ちょっとついてこい！」

ヴォルフと一緒に階段を下り、洞窟に出る。

灯《あか》りを点《つ》けると、そこには前と同じように、黄色い潜水艦が浮かんでいた。

大地をぶち抜いて神殿に突っこんだ割に、船体はきれいなものだった。

と、そこでおれは、ひとつだけ大きく見た目が変わっていることに気づいた。

船の胴体部分に、大きなドクロのマーク——海賊であることを示すマークが堂々と描かれている。

「なっ……！」

思わず、驚きで声が漏れた。

「ガラクタ屋、どういうことだ！」

「お前、夜中に食卓で海賊旗に描くマークを考えていたじゃろう」

「ど、どうしてそれを……」

「ふん。ゴミ箱に何枚も試し描きした紙が捨ててあったからのう。バレバレじゃわい。ついでに、お前がこのマークに赤字で『決定！』と描いてたことも知っておるぞ」

「くっ、マジか……いや、問題はそこじゃねェよ！　なんで、潜水艦にそのマークが描かれてるんだ！」

そう言うと、ヴォルフはにやりと笑った。

「海賊の乗る船に、マークがなければ恰好《かっこう》がつかんじゃろう？」

「……は？」

「ロー、ベポ、シャチ、ペンギン。この船を、もらってくれ。そもそもこいつは、ワシがいつか』また冒険に出る時のために造り、整備していたもんじゃ。だから、お前たちに連れていってほしいんじゃよ。ワシが果たせなかった夢の欠片《かけら》を、お前たちの冒険に付き合わせてやってほしいんじゃ」

「……いいのか？」

「ふんっ！　木造の船で海に出て、あっさりおぼれ死んだなんて話を聞いたらワシも寝覚めが悪いからなっ！　まあ……単なる気まぐれ、ってやつじゃ」

あまりにも、でっかい借りだ。

この先どうやって返せばいいか分からないほどの。

けど今は、ヴォルフの好意を素直《すなお》に受け取っておこうと、そう思った。

「仕方ないな。老《お》い先短《さき》いじいさんの頼みごとじゃあ、断《ことわ》れねェ」

「ふん。ワシはあと五十年は生きてみせるわい！　せいぜいお前たちは、その前に海で魚のエサにならないよう気張るんじゃなっ!!」

ヴォルフはカッカッカと笑う。

シャチもベポもペンギンも、目をきらきらと輝かせながら潜水艦に見入っている。

「まあ、この天才発明家の最高傑作を託すんじゃ。お前たちにはこの花マル無敵号を操って立派な海賊になる義務が……」

「よし、この船の名前はポーラータング号だ！」、ヴォルフの台詞へかぶせるようにして、おれは思いついた名前を言った。

「カッケェ！」

「すげェ！」

「イケてる！」

大好評だった。

「貴様らあああっ！　ワシの花マル無敵号をそんなチャラついた名前に……はあ……もうなんでもいいわ。お前たちの船じゃ、好きにせい。ふん……ポーラータング、か。ガキんちょが考えた割には、まあまあのセンスかもしれんな……」

あきれたような、けれどどこか嬉しそうな表情を、ヴォルフは浮かべていた。

「使わせてもらうぜ、ガラクタ屋」

「ああ、この天才の偉大さを、世に見せつけてこい」

そう言って、おれたちは全員で拳《こぶし》を合わせた。


――そうして、出発の日がやってきた。

カーテンを開けてみると、雪は降っておらず、空には太陽が見えている。

海へ出るには、最高の日だ。

出航の際には、町の人たちが見送りに来てくれることになっていた。

おれたちは、これまで通りに朝メシを食い、全員で家を出た。

研究所に行ってポーラータング号に乗りこみ、ヴォルフに操縦の仕方を教わりながら、船をプレジャータウンの港につけた。

一度、船から降りて、町の人たちと最後の別れを済ませた。

意外にも、一番泣いていたのはラッドだった。

「うおおおおおんっ!! あのチビどもがこんなにたくましくなり、そして大いなる冒険へ繰り出そうとしている……! 海賊だろうがなんだろうがかまわん! 私は今! 猛烈に感動しているうううううっ!!」

ラッドがこんなに涙もろいやつだなんて、全然知らなかった。

……いや、この町には知らないことが、本当はまだまだあるんだ。

楽しいことも笑えることも、教わることも話すべきこともたくさんあるんだ。

それでも、おれたちは旅立つ。

それぞれの目的を持って、大海原へと船を出す。

「お前ら、そろそろ行くぞ」

そう告げて、おれたちはポーラータング号のデッキへと向かう。

「おれたち」の中に、ヴォルフは含まれていない。

ヴォルフは町の人たちに混じるようにして陸に残り、「おれたち」を見送る立場だ。

別れの時が、来たんだ。

「じゃあな、じいさん。世話になった。せいぜい長生きしろよ」

デッキから、おれはそう声をかけた。

ベポとシャチとペンギンも、それぞれじいさんに感謝の言葉を告げる。

……いいのか、これで。

何か、違う気がする。

胸のもやもやが消えない。

何か、もっと、言葉を――

「ローさん、船、動かすよ」、とベポが後ろから呼びかけてくる。

「ああ」

ゆっくりと、潜水艦が動き出す。

陸地から遠ざかろうとする。

その時、ヴォルフが、笑った。

「ロー！　ペンギン！　シャチ！　ベポ！　――これまで、楽しかったぞ」

当たり前のように、じいさんはそう言った。

それを聴いて、おれは――

「ヴォルフっ!!」

――初めて、友達の名前を呼んだ。

「ロー、お前……」

「寂しくないわけがねえだろうがっ！　あんただよ！　他の誰でもなく、あんたと別れるのが寂しくないなんて、そんなことあるわけがねえだろうがっ!!」

見栄《みえ》も、照れも、必要ない。

届けなければいけない言葉がある。

ガラクタ屋に、伝えたい言葉があるんだ。

「ありがとう、ヴォルフっ!!　ずっと、ずっと優しくしてくれて、ありがとうっ!!　離れてても！　会えなくなっても！　あんたは、おれの最高の友達だっ!!!」

最後の方は、声がかすれてしまった。

目から余計なもんが、こぼれてきたせいで。

ベポが操縦室から飛び出してくる。

おれ以外の三人も、下を向いて、目元を必死に押さえている。

「行ってこい、ガキどもっ！　世界を知ってこい！　自由を知ってこい！　……ワシは……お前たちと過ごせて！　幸せだったたっ!!!」

ヴォルフが右手を突き上げた。

それに応えて、おれたちも、右手を高く上げた。

そしておれたちは背を向ける。

もう、後ろは振り向かない。

「ベポ、操縦室に、入ってくれ」

「……うん」

船が再び動き出す。

すぐに、陸地が見えなくなっていく。

もう、おれたちは海賊なんだ。

この先は、自分たちの力で生きて、自分たちの求めるものを手にしていかなければいけない。

シャチとペンギンと一緒に操縦室に入った時、不意にひとつのマークが思い浮かんだ。

「ハートだ」

「え？」

ああ、海賊団の名前はそれしかない。

コラさんから受け取った愛、ヴォルフが見せてくれた優しさ、仲間たちへの信頼。

そのすべてをこめた、「心」という言葉。

「おれたちは、ハートの海賊団だっ!!!」


空は快晴。

風向きは良好。
最高の船出に、これ以上の涙は必要ない。
おれたちは「今」、前を向いて、進んでいく。
——まぶしいほどの自由が、その先にあることを信じて。

エピローグ

# Epilogue

ONE PIECE
novel LAW

すずめが鳴き始めた早朝、海岸にはひとり身体《からだ》を動かす老人の姿があった。

上半身から下半身へと順番に、全身の筋肉を伸ばし、肩を回したり軽く飛《と》び跳《は》ねたりしている。

毎日丁寧《ていねい》にほぐさなければ、満足に動かすことも難しくなってきているのだろう。

老人は多くのことをひとりでこなさなければいけなかった。

朝は決まった時刻に起床し、卵とハムを焼いて朝食を作る。外に出て軽い運動をこなしてから、野菜を育てているビニールハウスへと足を運び状態を確認する。それが終わると、離れた場所にある研究所へ赴《おもむ》いて、陽《ひ》が沈むまで発明に没頭する。

まったく新しいものを作ることもあれば、過去の発明品の改良に取り組むこともある。ちょうど一年ほど前に改良に成功した「スーパーお掃除《そうじ》くん13号」のおかげで、掃除に時間を割《さ》く必要はなくなった。13号はボタン一つ押すだけで、家中を動き回りチリひとつ残さないほど丁寧に掃除をしてくれる。天才の発明品はかくあるべしと、老人はその出来に満足している。

研究所から帰宅すると、彼は晩飯を作り、ひとりきりの食卓につく。寂《さび》しいだろうから猫でも飼ったらどうかと町の人に言われたこともあるが、彼にその気はなかった。静かな食卓にもそれなりの風情《ふぜい》があるというのが彼の考えだ。洗い物を済ませてからゆっくりと風呂に浸《つ》かり、自室の灯《あか》りを消して眠りに就《つ》く。

週に一回、彼は町に出て食料品や発明に必要な品をまとめて買いこむことにしている。町の人たちはみんな老人のことが好きで、彼がやってくるとちょっとした人だかりができる。こっちに越してきちゃえばいいのにと親切で言ってくれる人もいるが、彼は丁重《ていちょう》にそれを断《ことわ》り続けている。

穏《おだ》やかな毎日を、老人は過ごしていた。まったく寂しくないと言えば、それは嘘《うそ》になるだろう。かつて、彼の生活の中にはにぎやかな食卓があった。やかましく、騒々しく、けれどあたたかな食事の場が。

いろいろなことがすっかり変わってしまった。身体の変化は特に分かりやすい。筋肉は落ちたし、時々腰に痛みを感じたりもする。朝と夜のストレッチは欠かせない。けれど、老人はそのことを嘆《なげ》いたり、無駄にため息をついたりはしない。そんなことでへこたれていたら、〝あいつら〟に笑われてしまうだろうから。

ひと通り朝の運動を済ませ、家に戻ろうとしたところで、自転車を走らせ近寄ってくる男の姿が見えた。何か紙の束のようなものを持ちながら、興奮した様子《ようす》で彼は老人に声をかける。

「おい、ヴォルフ！　すごいことだぞ!!」

「なんじゃい、ラッド。朝から騒々しい」

「いいからこれを見ろ！　新聞と、それから手配書だ！　〝あいつら〟が、一面にでっかく載《の》っているぞ!!」

「……ふん」

呼吸を荒くしている男から、老人は新聞を受け取った。表情は変わらなかったが、手の動きは素早い。眼鏡《めがね》のずれを直し、まじまじと新聞に載っている写真を見る。

——ああ、〝あいつら〟が、写っている。

記事に書かれていた内容はこうだ。〝北の海《ノースブルー》〟では近年、若者や子どもを攫《さら》って、奴隷《どれい》として売りさばくタチの悪い海賊たちが蔓延《はびこ》っていた。こまめに拠点を移すため海軍もなかなか居場所を摑《つか》めず、おまけに戦闘にも長《た》けていたため、なかなか解決することができずにいた。しかし先日、〝ハートの海賊団〟と名乗る海賊たちが突如《とつじょ》連中の拠点に現れ、圧倒的な強さで一味を壊滅《かいめつ》に追いこんだ。囚《とら》われていた人たちは無事解放され、あとからやってきた海軍によって家族の元へ送り届けられた。〝ハートの海賊団〟の船長は、一言、「単なる気まぐれだ」とだけ残し、潜水艦に乗って立ち去ったとのことだ。

新聞にはでかでかと、二つの海賊団が戦っている写真が掲載されていた。捕まっていた若者のひとりが、近くに置かれていたカメラで様子をおさめたものらしい。

そこには毛皮の帽子をかぶり胸元に大きなイレズミを入れた青年が、鬼のような形相《ぎょうそう》で敵へと斬《き》りかかる場面が写っていた。新聞を読んだ人は、写真だけでもこの青年の強さを感じ取ることだろう。別の写真には、同じ海賊団のメンバーと思われる連中も写っている。帽子をかぶった者もいれば、巨体の男や女性、さらには白クマまで混じっている。大勢の敵に囲まれながら、一切怯《ひる》む様子を見せず、全員が果敢《かかん》に戦っている。

「よく写っているだろう。〝ハートの海賊団〟というのが立派にやっていると分かるよ。うう っ、あのチビどもがこんな風にたくましく育っていることを思うと私は……」

「ええい、うっとうしい！　泣くような話ではないじゃろうが！」

「す、すまん……だがヴォルフ、あんたも嬉《うれ》しいだろう？　〝あいつら〟が元気にやっているとこ分かっただけでも」

「ふん！　そもそもそんなことは心配しておらんわい！　何しろガキどもはこのワシが鍛《きた》えたんじゃ。そんじょそこらの海賊に後《おく》れをとったりされては困る。それに、海賊になるってのは命を懸《か》けるってことと同義じゃ。それを選んで死んだのなら、そこまでだったというだけの話よ」

「ドライな反応だなあ……まあ、あんたらしいがな」

「やかましいわ。用事が済んだんならお前はとっとと仕事に戻らんかい。ワシはこれでも忙しいんじゃ」

「分かった分かった。町に来た時には、また駐在所に寄ってくれ」

それだけ言い残して、男は自転車に跨《また》がり、町へ戻っていった。

老人は再び新聞へと目をやった。先ほどまでとは違い、どこか興奮した様子で食い入るように紙面を覗《のぞ》きこんでいる。それから彼は、男の持ってきた手配書を見た。見慣れた少年——いや、今はもう青年と呼ぶべき男が不敵に笑っている。

——ずいぶんと、長い時間が経《た》った。

いくつもの季節を越えてきたが、正確な年数は覚えていない。確かなのは、あのにぎやかだった日々が遠い過去のものになったということだけだ。

すべて、覚えている。

洞窟《どうくつ》の中で少年を発見したことも、彼が白クマを連れてきたことも、家出した子ども二人を子分にしたことも、事故にあった際に命を救われたことも、同じ船に乗りこんで海賊たちに奇襲をかけたことも、命がけの戦いに勝利したことも、そして自分が息子を殺そうとするのを止めてくれたことも、すべて覚えている。それらは今なお、鮮《あざ》やかな色をともなって思い出すことのできる記憶だ。

他の手配書を老人が眺《なが》めていると、雪が降り始めた。陽の光を受けた粒がやけにまぶしい。老人は波打《なみう》ち際《ぎわ》へと進み、海の彼方《かなた》へと目をやった。水平線の向こうに、彼は男たちの姿を見た。黄色い潜水艦に乗って、広大な海を旅している青年たちの姿を見た。連中はひとつ間違えば命を落とすような航海をしながら、それでも、笑っていた。

この海のどこかで、〝友達〟が生きている。自分の届かなかったものを目指して、今も戦い続けている。

そう思うと、自然に身体が熱くなり、勇気が湧《わ》いてくる。これから先も続いていく自分の人生に、懸命に向き合おうという情熱が全身を駆け巡る。〝あいつら〟に負けてはいられない。自分にはまだまだ、最高の発明品を作り続けるという仕事が残っている。不思議だ。さっきまではやたらと重く感じていた肉体が、瞬時に若返ったかのように軽く、活力に満ちている。

寂しさは、とっくに消《き》え失《う》せていた。老人は想像することができる。

タトゥーを入れた青年が、怪我《けが》を負った誰かを懸命に治療している姿を。

キャスケット帽の青年が、ペンギン帽の男の髪を切りながら鼻歌をうたっている様《さま》を。

大きな白クマが、大嵐の中で必死に船を操縦している表情を。

――ああ、それだけで、十分だ。

〝あいつら〟が〝あいつら〟らしく生きているのなら、それ以上望むことなど何もない。

けれど、いつか――

「聞こえるかー!!」

海に向かって、老人は吼《ほ》えた。

「当方に異常なし！　充実した毎日を、ワシは過ごしておるぞー！　そっちはどうじゃー！　笑って過ごしておるか⁉　胸を張って生きておるか⁉　……〝本当の自由〟には、近づいておるかー‼」

呼ぶ声に返事はない。

それでも、老人はどこか満足げに見えた。

彼は信じている。いつか〝友達〟が〝本当の自由〟を見つけ、満面の笑《え》みを浮かべながら、再び自分とともに食卓を囲んでくれる日が来ることを。

「ふん……安い感傷じゃわい」

そうつぶやいて、老人は弾《はず》むような足取りで家に戻っていく。

その顔に、やわらかい笑みを浮かべながら。


――〝北の海《ノースブルー》〟の海上に、一隻の黄色い船が浮かんでいる。

甲板《かんぱん》では宴《うたげ》が開かれており、何人もの人間が騒ぎ続けている。

その中で、毛皮の帽子をかぶったたくましい青年と、キャスケット帽の男、ペンギン帽の男、それから言葉を話す白クマが、一か所に固まって巨大な肉をむさぼり食っていた。先ほどまで立ち寄っていた島で襲いかかってきた、体長二十メートルを超えるワニの肉だ。並の人間なら圧倒されてしまうだろう獣《けもの》を敵にしても、彼らは楽々と勝利してしまう。

宴の最中、不意に、ツバメの群れが空を舞った。それと同時に、四人は何か、声のようなものを聴いた。

「今、なんか聴こえなかったか？」

毛皮の帽子をかぶった青年が、仲間たちに問いかける。

「キャプテンもか？　海の方から声がしたような気が……」

キャスケット帽が答えると、すかさず白クマが双眼鏡を手にして海上を確認する。

「近くに敵がいるとかはなさそうだけど……。でも、たしかに聴こえたよ」

白クマはきょろきょろとあたりを見回しながらそう言った。

「なんか、懐かしい声だった気がする」

ペンギン帽が、口元をゆるませて、そんなことを口にした。

何か通じるものがあったのか、キャプテンと呼ばれた毛皮の帽子の青年が、にやりと口の端を吊《つ》り上《あ》げた。

「ああ、そうだな」

空を行くツバメたちのさえずりを耳にしながら、青年は昔のことを思い出していた。海賊の道を選び冒険に明け暮れているうちに、だいぶ遠くまで来てしまった。地理的にも、そして時間的にも。過去のことを毎日振り返っている余裕など、青年にありはしない。彼は海賊団のキャプテンとして、仲間たちを引っ張り、先陣を切って戦いへと身を投じていかなければならなかった。瞬間瞬間を、彼は必死で生き抜いてきた。

海賊団の名も知られるようになり、今ではクルーの多くに懸賞金がかけられている。それは彼にとって誇るべきことだ。これから先も多くの危険に身をさらしながら、彼は仲間たちとともに航海を続けていく。能天気にかまえてなどいられない。

——それでも、忘れてはいけない思い出があった。

自分を救い、愛を教えてくれた大切な恩人のこと。それから、奇妙な縁で自分と〝友達〟になった老人のこと。

二人と過ごした時間は、いつだってあたたかな記憶として彼の胸に宿《やど》っている。

青年は、老人のことを考える。ツバメの鳴き声を聴いたからかもしれない。無事に生きているだろうか、無茶はしていないだろうか、発明ばかりで食事を忘れたりしていないだろうか、町の連中とは今も上手《うま》くやれているだろうか。心配事は、いくらでもあった。

——ああ、会いてェな。

心の中でそっと、青年はつぶやいた。航海に出てから何度か、老人のもとを訪ねようかと考えたこともある。海賊団の仲間たちとともにあの島へ向かい、老人と一緒に大宴会を開けばどれだけ楽しいだろう。そんな妄想を、時折彼は抱《いだ》いてしまう。

けれど、それは駄目だ。「今」為《な》すべきことは、あたたかく優しかった過去へ戻ることなんかじゃない。討《う》つべき敵、救うべき国、仲間たちとともにゆく広大な海。未来を見据《みす》えて先へ先へと進むことこそが、青年にとって最も重要なのだ。

それに、彼はまだ〝本当の自由〟を見つけていない。見つけないまま会いに行ったら、それこそ老人にどやされてしまう。

「……けどまあ、とろとろやってたら、じいさんがくたばっちまうな」

ぼそりと、青年がつぶやいた。

「ん、なんか言ったかキャプテン？」

「なあ、ベポ。お前、もう自分の航海術には自信があるか」

「え、えっと……お、おう！　あるよ！　嵐や大波もなんのそのだ！　ずうっと毎日勉強してきたんだ、自信、あるよ！」

「そうか。じゃあ、頃合いだな」

「え、なんの？」

問いには答えず、青年が立ち上がった。そのまま舳先《へさき》の方へと移動する。クルーたちもそれに気づき、酒を飲む手を止めた。

「おい、お前ら！」

青年が叫ぶ。

「次の目的地を決めたぞ」

おおっと、クルーたちがどよめく。危険な場所なんじゃないかという不安と、どんな冒険が待っているのかとわくわくする気持ちが入り混じった表情をしている。

「で、どこに向かうんだよ、キャプテン」

キャスケット帽が尋《たず》ねる。それに対し、青年はにやりと笑い——

「〝偉大なる航路《グランドライン》〟だ」

——目的地を口にした。

「「「……………えええええええっ!!」」」

クルーたちが驚嘆の声を上げる。無理もない。〝偉大なる航路《グランドライン》〟に向かうというのがどれほど危険なことなのか、十分に彼らは理解しているのだから。けれどすぐに動揺はおさまり、全員が、覚悟を決めた表情になった。

「……行こう!」

「おう、腕が鳴るぜ!!」

「おれらはキャプテンについていくって決めたんだ! 今更《いまさら》びびったりしないぞ!!」

クルーたちが次々と威勢よく声を上げる。

——聞こえるかい、コラさん。これがおれの、おれたちの海賊団だ。

「帆を上げろ！　航路を確認しろ！　……〝ハートの海賊団〟、出航だ!!」

「「「おうっ!!」」」


船が進んでゆく。

クルーたちの夢を乗せた黄色い船が、風の強い海上を進んでいく。

甲板に立った青年が、青くどこまでも広がった海を見て、小さく笑う。

彼は想像する。この先に待つ過酷《かこく》な戦いの日々を。それに伴《ともな》う、冒険の喜びを。恩人に報《むく》いるために、自分が為さなければならないことを。

彼は信じている。そうした時間を過ごした果てに、いつか、〝本当の自由〟が待っているのだと。

「見ててくれよな、コラさん。あんたの本懐《ほんかい》は、絶対におれが遂《と》げてみせるから」

つぶやきは波の音に掻《か》き消《き》えた。

——青年が抱いた夢の終わりは、まだ遥か先にある。

尾田栄一郎
熊本県出身。1997年「週刊少年ジャンプ」34号より
『ONE PIECE』を連載開始。

坂上秋成
作家。1984年生。早稲田大学法学部卒業。
主な作品に『惜日のアリス』『夜を聴く者』（河出書房新社）
『モノクロの君に恋をする』（新潮文庫nex）
『TYPE-MOONの軌跡』『Keyの軌跡』（星海社新書）等。

初　出
第一〜四話　「ONE PIECE magazine」Vol.4〜7
エピローグ　書き下ろし

# ONE PIECE novel LAW

2020年4月 8 日　第 1 刷発行
2024年1月24日　第11刷発行

原　　作　尾田栄一郎
著　　者　坂上秋成

装　　丁　高橋健二（テラエンジン）
編　　集　株式会社　集英社インターナショナル
〒101-8050　東京都千代田区一ツ橋2-5-10
03-5211-2632（代）

編集協力　添田洋平（つばめプロダクション）
編 集 人　千葉佳余
発 行 者　瓶子吉久
発 行 所　株式会社　集英社
〒101-8050　東京都千代田区一ツ橋2-5-10
03-3230-6297（編集部）　03-3230-6080（読者係）
03-3230-6393（販売部・書店専用）

印 刷 所　中央精版印刷株式会社
株式会社太陽堂成晃社



ISBN978-4-08-703495-0 C0293